달빛
조각사

달빛 조각사 39

2013년 1월 28일 초판 1쇄 인쇄
2013년 1월 31일 초판 1쇄 발행

지은이 남희성
발행인 이종주

기획 팀 김명국
책임 편집 이세종

발행처 (주)로크미디어
출판등록 2003년 3월 24일
주소 서울시 용산구 원효로97길 46 5층
Tel (02)3273-5135 Fax (02)3273-5134
홈페이지 rokmedia.com · E-mail rokmedia@empal.com

값 8,000원

ISBN 978-89-257-2723-3 (39권)
ISBN 978-89-5857-902-1 04810 (세트)

달빛 조각사 39

남희성 게임 판타지 소설

ROK MEDIA
로크미디어

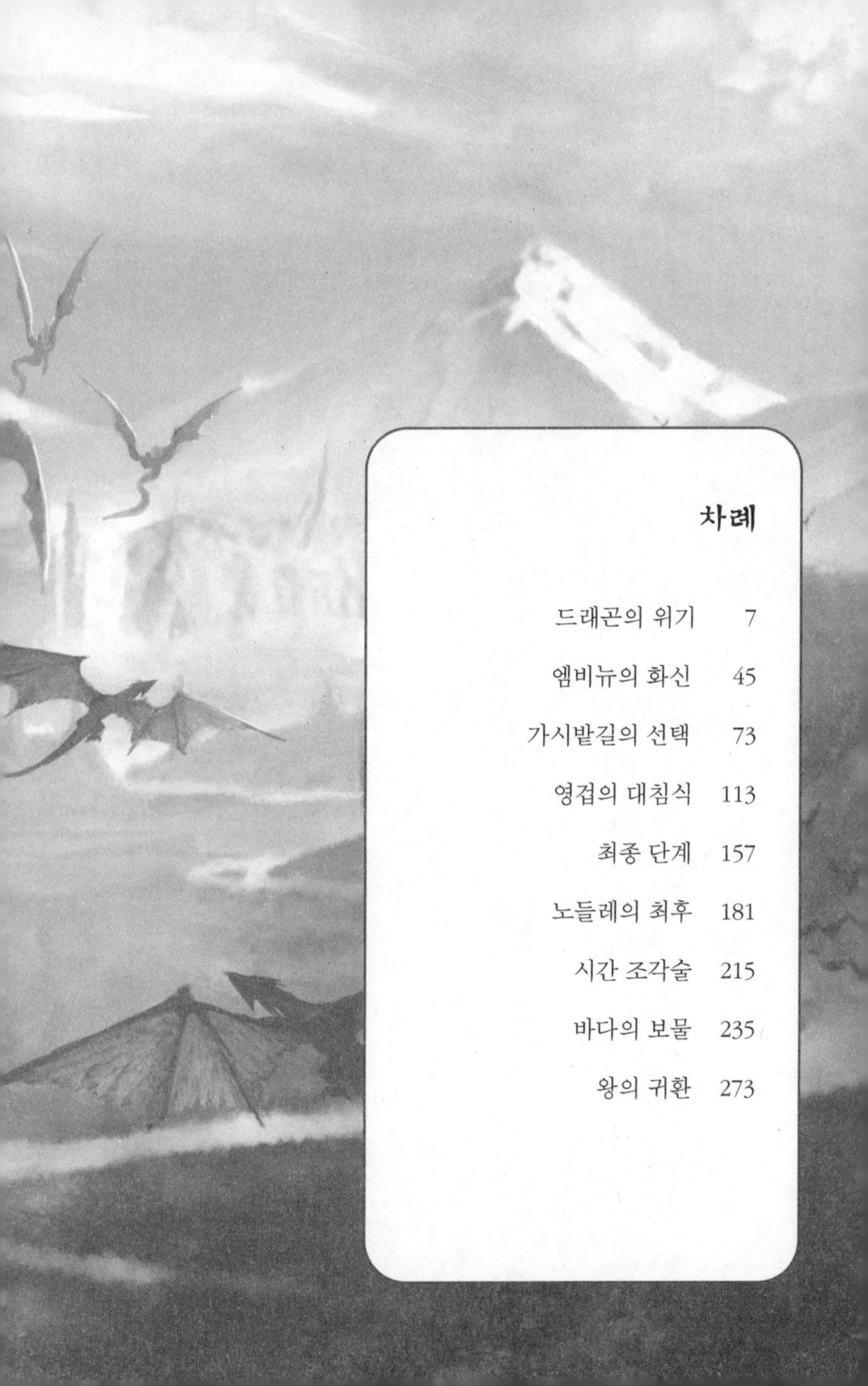

차례

The Legendary Moonlight Sculptor

드래곤의 위기

위드는 드래곤을 탄 채로 엠비뉴의 대신전으로 다시 가까이 내려왔다.

지상 최강의 탑승체라고 할 수 있는 드래곤!

조각 변신술을 펼친 상태라서, 가슴에 반달무늬도 있는 거대한 흑곰이 드래곤을 타고 있는 것은 놀라운 장관이자 구경거리가 되었다.

물론 엠비뉴 교단의 입장에서는 끔찍하기 짝이 없는 재앙덩어리들의 결합이었다.

"상태 확인!"

혼돈의 드래곤 아우솔레토

세상을 눈 아래로 굽어보는 블랙 드래곤.

자연계에 존재하는 최강의 생명체 중 하나이다.

과거에 대륙을 송두리째 날려 버리려는 전쟁을 일으키고 나서 다른 드래곤들과 영웅들에 의해 봉인되었다. 엠비뉴 교단의 끈질긴 발굴 작업에 의해 다시 세상에 나오게 되었다.

*드래곤의 육체는 모든 물리적인 공격에 대한 피해를 97% 감소시킴.

*마나를 해체하고 재배열하는 능력으로 인해 마법 저항력 98%를 갖게 됨.

*정령왕을 제외한 정령들은 드래곤을 공격하지 못함.

*저주 마법에 대한 완전한 저항.

*자연계로부터 마나 흡수.

*세뇌로 잃어버린 기억을 찾고 있다.

생명력 : 47%

마 나 : 36%

"이 정도면 훌륭하군."

블랙 드래곤의 상태를 확인해 본 위드는 만족스러웠다.

드래곤의 생명력은 절반도 남지 않았는데, 엠비뉴 교단의 공격 탓도 있지만 하늘로 오르는 탑이 붕괴되면서 그 낙석에 셀 수 없을 정도로 많이 두들겨 맞았기 때문이리라.

이만큼 당하고도 절반에 가까운 생명력을 가졌다는 사실 자체가 드래곤의 대단함을 알려 주는 것과 같았다.

"엠비뉴에게 거역하는 놈들이 다시 내려온다!"

"모두에게 알린다. 저 흑곰은 이 모든 사태의 원흉이다.

하늘로 오르는 탑을 파괴하여 우리의 숙원을 뭉개 버리고, 엠비뉴 신께서 내려 주신 신수마저도 강탈하려는 놈이다!"

"죽여라. 용서는 필요하지 않다. 영혼을 빼내서 3만 년간 고문을 할 것이다."

대신전의 방대한 부지에 우글거리는 광신도, 괴물, 사제, 기사, 종교재판관.

구분을 할 수 없을 정도로 많은 이들이 위드에게 맹렬한 비난을 퍼부었다.

보나 마나 그들의 적대심은 최고!

그렇지만 드래곤을 타고 있는 위드의 입장에서야 사탕을 빼앗긴 유치원생의 귀여운 투정 수준에 불과할 뿐!

위드는 야비한 악당처럼 목소리를 착 깔았다.

"어이, 친구."

-이 땅에 오롯이 존재하고 있는 내 등에 감히 올라타다니! 더럽고 미개한 족속아, 당장 꺼지지 못하겠느냐!

"나는 네 친구라니까. 내가 너 구해 준 거 벌써 잊었어?"

-아, 맞다.

엠비뉴 교단의 세뇌 작업에 의해서 제정신이 아닌 드래곤 아우솔레토.

"사람이 염치가 있어야 말이지. 아니, 드래……. 아무튼, 받은 만큼은 줄 생각을 해야지. 세상 그렇게 살면 안 돼."

위드는 드래곤이라는 단어를 절대로 내뱉을 수가 없었다.

드래곤이 제정신을 차리게 되면 풍비박산이 날 것은 엠비뉴 교단만이 아닐 테니까.

-도움을 받으면 그만한 대가는 치른다. 무엇을 원하나?

"내가 무슨 욕심이 있겠어. 어떤 의도를 가지고 널 구한 것도 아니고, 그저 다 친구인 네가 잘되라고 하는 것인데. 그런데, 저 밑에 애들이 너에게 고통을 주고 괴롭힌 것은 기억이 나겠지?"

-물론이다. 전부 찢어 죽여야 마땅하다. 날 공격한 놈들은 몸을 천천히 녹여 줄 것이다.

"그러면 나야 뭐, 그냥 네가 하고 싶은 대로 해야지. 네가 고통을 받았다니 친구로서 분노를 참을 수 없군. 저놈들부터 없애자."

-동의한다.

드래곤은 공중에서 갑자기 방향을 바꾸면서 격렬한 비행을 개시했다.

일반적으로 날개를 조절하여 바람을 타고 날아야 하는 것이 조류의 특성인데 드래곤은 움직임 자체가 상식을 초월한다.

마나의 힘으로 중력을 제어하고 가속도를 붙인다.

물리법칙의 한계를 그냥 극복해서, 폭탄을 터트려서 나아가는 것 같은 가속력을 냈다.

적당한 속도로 땅으로 향하는 것이 아니라 전력을 다해서 직각으로 지상을 향해서 곤두박질친다.

"우워어어어어!"

롤러코스터를 탄 것처럼 온몸의 피가 쏠렸다.

긴장으로 위드의 시커먼 털도 잔뜩 곤두설 정도였다.

"이, 이건 조금 너무 빠른데!"

아찔하도록 빠르게 땅에 가까이 다가와서야 드래곤은 두 날개를 활짝 펼치며 방향을 틀었다.

콰르르르르릉!

인근 건물들이 무너지며 내는 엄청난 소음!

드래곤의 비행이 만들어 낸 순간적인 돌풍에 건물이 단체로 흔들리고 쓰러졌다.

괴물들과 광신도들도 그 자리에 버티지 못하고 사방으로 나가떨어졌다.

-미개한 족속들아, 이것이 바꿀 수 없는 너희의 운명이다.

드래곤은 대신전의 건물들 위를 빠르게 스쳐 지나갔다.

대신전을 자신의 몸 아래로 둔 드래곤의 당당한 위용!

드래곤은 하늘을 날아가다가 엠비뉴의 궁병들이 모여 있는 것을 보고 앞발로 후려쳤다.

당연하게도 건물 자체를 산산조각으로 부숴 버리는 강대한 힘이었다.

블랙 드래곤의 앞발에 맞은 건물은 수천 개의 파편으로 변해서 광신도들을 뒤덮었고, 꼬리는 살아 있는 채찍처럼 땅 위의 기사들을 후려쳐서 날려 버렸다.

"잘하고 있어. 하지만 놈들을 직접 노리면 몇 놈 못 잡을 거야. 건물을 박살 내!"

-나 역시 그럴 생각이다.

육탄전을 펼치는 건 얼핏 조금 전과 비슷한 듯했지만, 그러나 지금은 뒤뚱거리면서 땅에 멈춰 있는 것이 아니었다. 놀라운 속도로 날아다니면서 대신전 전역을 대상으로 건물을 파괴하며 피해를 입혔다.

"성전이 우리의 제물에게서 위협받고 있다. 사도들이여, 엠비뉴를 향한 믿음의 힘을 발휘하라!"

"쏴라. 맞을 때까지 닥치는 대로 화살을 발사하라!"

엠비뉴 교단에서도 마법과 화살, 주술 등 가능한 원거리 공격은 무엇이든 시도했지만 효과는 별로 없었다.

드래곤은 엄청난 속도로 급강하해서 건물을 무너뜨리고 다시 폭발적인 속도로 이동을 했다.

드래곤의 등에 타고 있는 위드는 그 위력을 똑똑히 느꼈다.

대신전 전체가 드래곤의 공격 범위가 될 수 있었으며, 모든 광신도들이 겁에 질렸다.

"제, 제물이 반항을 하고 있어. 우리가 죗값을 치르는 거야."

"아아악! 안 돼, 저 제물을 무슨 수로 다시 붙잡지?"

광신도들의 시선도 하늘을 날아다니는 드래곤을 떠나지 못했다.

'현대전은 공중전이라더니… 전투기를 타고 세상을 부숴

버리는 것 같은 느낌이군.'

아직 제정신은 차리지 못했지만 아우솔레토는 육체적인 능력만으로도 전율스러운 존재. 드래곤 그 자체였다.

설혹 아우솔레토를 목표로 마법과 화살이 제대로 날아오더라도 보호막에 의해서 무력하게 튕겨 나가 버렸다.

"잘하고 있어! 음… 놈들이 이동하고 있다. 저놈들을 한곳의 막다른 길로 유도하고 그 옆의 건물을 무너뜨려!"

-부탁하는 것이겠지?

"물론 그렇게 하는 게 좋을 것 같다는 게 내 생각이야."

-나도 그렇게 생각한다!

하늘로 오르는 탑의 붕괴와 그 이후의 전투, 상당한 부상을 입었던 드래곤의 몸은 자연 치유 능력에 의하여 조금씩이나마 정상이 되어 갔다.

그에 비해서 위드는 대지의 여신 미네의 축복도 받지 못하여 생명력이 아직 절반도 회복되지 않았다.

당장은 드래곤의 등에 타고 있으니 최고의 휴식처에 있다 할 수도 있겠지만, 그 이후에 언젠가 벌어질 사태에 대해서는 전혀 예측이 불가능했다.

당연히 대비책 같은 것도 전무했다.

정상적인 계획에서는 드래곤의 등에 타고 전투를 치른다는 것은 나올 수가 없었으니까!

진인사 대천명이라!

사람이 할 수 있는 일을 다 하고 나면 나머지는 하늘에 맡겨야 한다는 말이 있다.

어릴 때, 한자로 된 문장 같은 것을 학교에서 아무리 배워도 이해가 되지 않았다. 하지만 나이를 먹어 가다 보니 직접 경험을 통해 그 뜻이 저절로 이해되었다.

'사고를 저지르고 나면 그 이후의 뒷감당은 대충 운에 맡기라는 뜻이었군.'

위드 나름대로의 해석 방식!

호랑이 등에 탄 것도 아니고 드래곤의 등에 타고 있으니, 무엇을 예상하고 대책을 세울 수가 있겠는가.

드래곤 아우솔레토는 무서운 기세로 지상의 기사들과 광신도들, 사제들 가리지 않고 연속으로 공격을 가해 쑥대밭으로 만들었다.

그 광경을 보고 있자니 일단은 좋기는 한데, 그러면서도 왠지 가슴이 답답하고 찜찜한 느낌이 든다.

하지만 엠비뉴 교단에서도 놀면서 무력하게 당하지만은 않았다.

"나오라, 아귀의 형을 살아가는 새들아!"

괴물을 배양하는 사제들이 하늘을 나는 괴조들을 수없이 많이 소환하여 불렀다.

끼이이익!

커다란 부리를 가지고 얼굴마저 흉포하게 생긴 괴조들은 인간을 먹고 살아간다. 죽은 시체를 주로 먹지만, 살아 있는 인간을 죽여서 통째로 삼키기도 한다.

하늘로 오르는 탑의 인부들에게는 최악으로 무서운 존재였다.

잠깐이라도 쉬고 있는 것이 발각되면 눈이나 혀를 쪼아 먹는 무서운 괴조들이 날아올랐다.

쿠엑!

끄아아아악!

괴조 수만 마리가 대신전의 하늘을 뒤덮었지만 빙글빙글 돌기만 하고 감히 드래곤에게는 접근도 하지 못했다.

감각이 예민한 몬스터일수록 드래곤을 공격하지 못하고 눈치만 보다가 저 멀리로 도망쳐 버렸다.

엠비뉴 교단에서 키우는 애완동물과 같은 놈들이었지만, 평범한 인간들을 상대로라면 모를까 지금으로써는 별 도움이 되지 못했다.

하지만 위드와 드래곤이 빠른 속도로 날아다니다 보니 괴조들과 계속 부딪치고 시야도 가려졌다.

목표로 하는 엠비뉴의 사제를 찾아내기가 더 힘들어졌다.

-영 귀찮군. 미개한 존재들이란…….

“잘난 네가 참지 마! 참으면 성격만 나빠지는데… 하긴 뭐, 너는 더 이상 나빠지지도 않겠군.”

-무슨 뜻이지?

"칭찬이야!"

대신전 전역을 대상으로 파괴 공작을 벌이는 사이에 건물들 뒤쪽, 신성 마법에 의해 겹겹이 보호 마법이 쳐진 곳이 있었다.

드래곤의 공격으로부터 피신한 헤울러와 고위 사제들 40명은 단체로 신성 주문을 외웠다.

"무자비한 파괴의 관용을 베푸는 엠비뉴여, 쓸모없는 생명력이 넘쳐 나는 이곳에 어둠의 힘으로 그대의 화신을 불러일으키니……."

그들의 의식이 진행되는 동안 대신전의 수백 곳에서 엠비뉴의 사제들이 함께 비슷한 주문을 외웠다.

무너지고 깨진 대신전의 건물들 사이에서 사제들에 의해 미약한 어둠의 힘이 넘실거린다.

이윽고 작은 어둠의 힘 덩어리들이 대신전의 중앙으로 몰려들면서 드래곤만큼이나 커다란 무언가가 형성되고 있었다.

'저건 진짜 위험해 보이는군.'

지금까지 위드는 엠비뉴 교단의 여러 신성 마법들을 구경해 봤지만 지독하지 않은 것이 없었다. 특히 헤울러의 능력이라면 어떨 것인지는 눈으로 보지 않아도 훤하다.

퀘스트의 내용에도 나와 있었지만, 그는 시작과 끝을 모르는 긴 시간 동안 살아왔으며 늙지도 않는다고 한다.

그 마력과 신성력이 오죽 대단하겠는가.

드래곤을 세뇌시켜서 부려 먹을 정도의 능력이 있었으니 상대해 본 적 중에서는 사상 최악이다.

사제와 교단의 수장이라는 특성이 있기 때문이고 객관적인 무력이야 지금 위드가 타고 있는 드래곤만큼은 아닐 테지만!

"아무튼 나도 놀고 있을 수는 없지. 내일 이 세상이 멸망하더라도 나는 방구석을 따뜻하게 하기 위해 한 그루의 사과나무를 땔감으로 쓸 거니까. 조각 변신술 해제!"

위드는 조각 변신술을 해제했다. 그러자 원래의 인간이면서 세계를 구하는 용사, 태양의 전사로 돌아왔다.

"친구여, 내가 몸을 좀 바꿨다고 해서 너무 놀라지 마라."

-신경도 안 쓰인다. 전투 중에 귀찮으니 말 걸지 마라.

아우솔레토는 자잘한 일에는 상관하지 않는 대범함을 갖고 있었다.

하기야 제정신이 아닌 상태라지만, 위드의 변신술 정도는 드래곤에게는 아무것도 아닐 수도 있을 터!

-전설의 프로스트 보우 요르푸시카를 무장하셨습니다.

위드는 전쟁의 시대에서 입수한 최고의 무기 중 하나를 손에 쥐었다. 그러다 괜히 드래곤이 탐욕을 부리지 않을까 걱정이 되었다.

"이거 탐나지 않냐?"

－갖고 싶다.

"어떻게 하지? 내가 아끼는 것이라 줄 수가 없는데, 친구여."

드래곤이 탐을 내는데 거절하면 관계가 악화되고 위험할 수도 있기에 조심스러웠다.

－이빨 사이를 청소하는 용도로 쓸 만할 텐데 아쉽군.

"……."

전설의 활도 드래곤에게는 이빨 청소용 치실에 불과했다.

요즘 부자는 망해도 빼돌린 돈이 어마어마하다는데, 역시 부르주아 드래곤!

위드는 요르푸시카로 무장한 채로 지상을 향해 결빙 화살을 쐈다.

거의 마스터의 경지에 도달해 있었기 때문에, 노리는 곳곳마다 온통 얼음 지대로 만들어 놓을 수가 있었다.

유병준은 코코아를 느리게 마셨다. 차분한 정신을 유지하기 위해서였다. 모니터를 보고 있자니 심장이 펄떡거리며 빨리 뛰는 것이 느껴졌기 때문이다.

위드가 블랙 드래곤의 등에 탄 채로 엠비뉴 교단을 박살 내고 있었다.

"…멋지군."

이렇게 그림처럼 멋진 광경이 또 있으랴.

겉보기에는 그저 멋지고 놀라운 광경이지만, 사정을 아는 사람이라면 모두 기가 막힐 것이다.

저 드래곤은 세상을 파멸로 이끌려는 최고의 위협이다.

엠비뉴 교단을 막아 내는 퀘스트에 숨어 있는 최악의 복병!

인간을 포함한 전 종족을 먹고, 불태우고, 짓밟는다.

드래곤이 가지고 있는 거대한 능력은 물론이고, 외관에서도 위압감이 가득 느껴진다.

그런데 그런 전설적인 드래곤을 이용할 생각을 하다니!

현란한 속도감과 비행은 둘째로 치고, 너무나도 아찔한 위험으로 가득 차 있는 상황이라서 모니터에서 눈을 뗄 수가 없었다.

잠시 한눈을 파는 사이에 위드가 덜컥 죽어 버리기라도 한다면 그처럼 아쉬운 일은 없을 테니까!

위드의 모험을 중계하는 로열 로드의 방송국 진행자들도 입이 얼어붙은 것은 마찬가지였다.

"에… 그러니까 위드가 드래곤을 탔네요."

"드래곤에 탔습니다. 그리고 날아다닙니다."

"정말 보는 저희도 거짓말 같은데 시청자분들은 오죽할까요. 아주 의심스러우실 텐데요, 정말로 실제 상황입니다."

보통 텔레비전을 중계하는 경우에는 중간중간 지루한 부분을 넘어갈 수 있는 자료 화면이 필수였다.

위드의 모험은 자료 화면이나 몬스터들의 데이터 분석 같은 건 엄두도 못 낼 정도로 변화가 빠르다 보니 잠시 후에 정신을 차린 진행자들은 목소리에 더욱 힘을 실었다.

"이걸 지금, 이 상황을 무어라고 설명드려야 할지 모르겠습니다. 조금 전까지 드래곤이 깨어나는 위기 상황이었고, 지금은 위드가 그 드래곤을 타고 엠비뉴 교단을 상대로 싸우고 있습니다."

"적의 적은 동료라는 말이 이처럼 잘 어울릴 때가 또 있을까요?"

"그렇지만 드래곤이 제정신을 차린다면 상황은 완전히 뒤바뀌고 맙니다."

"오주완 씨, 그 시간은 꽤 오래 걸리겠죠?"

"정확히 몇 분 정도라고 과연 어느 누가 추측할 수 있을까요? 드래곤의 정신 상태를 알 수가 없으니 말씀드리기도 어렵습니다. 확실히 말씀드릴 수 있는 것은, 드래곤이 자기 자신에 대해서 깨닫는다면 대륙의 평화에 돌이킬 수 없는 결과가 나올 수도 있다는 점입니다."

"아, 드래곤이 깨어나고 엠비뉴 교단도 살아남는다면 정말 최악이 될 수 있겠죠."

로열 로드 방송은 선풍적인 인기를 끌고 있다.

직장인들 사이에서도 점심시간이면 베르사 대륙이나 모라타, 아렌 성에 대한 이야기가 흔하게 나온다.

베르사 대륙의 유명한 휴양지, 아름다운 성, 도시 등은 휴가철이면 감자 하나 사 먹기 힘들 만큼 시장과 거리가 붐비기도 했다.

현실 세계에서도 로열 로드에 대해서 관심이 없는 사람은 거의 찾아보기 힘들 정도가 되었다.

간혹 아직 잘 모르는 일반인들이라 해도, 로열 로드에 대한 방송은 가끔씩 봤다.

금방이라도 텔레비전을 뚫고 나올 것만 같은 몬스터들이 출현하고, 그림보다도 멋진 경치들이 펼쳐진다.

아들과 며느리, 손자, 손녀 중에서 1명만 로열 로드에 빠지게 되면 나머지 가족들이 끌려들어 가는 건 순식간이다.

집안에서 막강한 권력을 가지고 있는 어머니, 할머니의 채널 선택권도 이 시간만큼은 박탈된 상태!

"상국아, 누가 착한 놈이여?"

"할머니, 저놈 욕하시면 돼요."

그래도 시청자들 중에서는 로열 로드를 실제 플레이하는 사람이 대부분이었다.

위드의 모험은 긴 시간을 뛰어넘어서 현재의 유저들에게 영향을 주는 특수한 퀘스트들이기에 더 자신들의 일처럼 응원을 해 주었다.

처음에는 마법의 대륙 출신의 위드에 대해 아는 사람은 소수에 불과하였다.

하지만 세라보그 성 출신의 조각사 이야기에서부터 텔레비전에서 가끔씩 위드가 나오다 보니 이젠 누구나 알 정도가 되었다.

위드의 성장기를 시작부터 꿰뚫고 있는 시청자들은 열렬한 신봉자가 되어서 북부로 이주했다.

아직 얼굴을 못 본 친구이며 모두가 부러워하는 모험가, 대륙을 뒤흔드는 영웅과 같은 존재!

위드의 인기는 강철을 녹이는 용광로만큼이나 뜨거웠다.

무엇보다도, 텔레비전에서 나오는 드래곤을 타고 전투를 하는 장면은 정말 거칠면서도 빠르고 경쾌하다.

텔레비전을 보며 몰입하지 않기가 불가능했다.

유니콘 사의 본사 건물에서도 직원들이 하던 일을 멈추고 텔레비전을 시청하고 있었다.

"경이롭고 신비하군요. 우리가 꿈꾸던 세상이 이런 식으로 표현되고 사람들이 열광하며 빠져들다니."

"으음, 전쟁의 신 위드가 정말 보통 사람은 아닙니다. 퀘스트라고는 하지만 어떤 식으로든 로열 로드에서 드래곤에 가까이할 수 있는 유저가 나타나는 건 앞으로도 4년 이상이 걸리리라고 예상을 했는데 말이죠."

유니콘 사의 직원들에게도 감탄의 연속이었다.

그들이 서비스하는 세상에서 매번 믿기지 않는 발군의 활약을 보이는 위드라는 존재가 더없이 자랑스럽고 대단하게 느껴진다.

이런 모험을 실현할 수 있는 로열 로드를 총괄하는 회사에 다닌다는 자부심도 있었다.

"명예의 전당이 3개월 정도는 독점되겠군요. 로열 로드를 즐기는 유저들이 또 한꺼번에 몰릴 가능성도 있는데……."

"마케팅 전략을 새로 잡아 보겠습니다."

"무모하게 드래곤을 사냥하려는 사람들이 대규모로 나타날 수도 있으니, 드래곤의 능력에 대해서 홈페이지에서 자세히 알리는 것도 재미를 줄 수 있는 요소가 될 것 같아요."

홍보부에서는 방송국들을 통해 중계되는 중요한 이벤트가 있으면 그에 대한 대비를 해야 되기 때문에 필수적으로 위드의 모험을 시청했다.

대륙에서 벌어지는 온갖 사소한 일들을 지켜봐야 하는 홍보부의 직원들에게 위드의 인기는 하늘을 찌를 듯했다.

위드가 입었던 초보복은, 그 색상만 일찍부터 잡화점에서 재고가 떨어질 정도다.

유니콘 사의 전략운영실에서는 향후의 정세를 분석하기에

여념이 없었다.

“하벤 제국과 아르펜 왕국의 세력비는…….”

“군대의 움직임은요?”

“하벤 제국 내에서 반란이나 저항운동이 크게 벌어지는 장소는 아직 없습니다.”

“점령 지역 주민들의 충성도는 어떻죠?”

“강력한 군사력 때문에 민중 봉기는 어려울 것입니다. 생필품도 빠짐없이 공급되고 있으며, 중앙 대륙에서는 전쟁에 대비한 요새들의 신규 건축과 성벽 재건도 필요하지 않고, 군대도 주요 거점에서 훈련에만 충실하면 됩니다. 충성도를 올리기 좋은 부분에 재정 투입이 우선적으로 이루어지고 있습니다.”

베르사 대륙의 현재 세력도는 상당히 단순하다.

전체 전력의 7할 이상을 차지하는 중앙 대륙은 하벤 제국이 먹어 치웠다.

인구, 기술, 발전도. 그 무엇으로도 대륙의 변방에서 따라잡지는 못한다.

로열 로드가 시작된 이후 전략운영실에서도 중앙 대륙의 난세를 휘어잡는 세력이 있다면 그들이 전 대륙을 통일할 것으로 보았다.

물론 곳곳에 숨어 있는 전설과 이벤트 등이 있기에 변방에서 일어나서 대륙을 장악하지 말라는 법은 없다.

하지만 헤르메스 길드에서는 장기적인 계획을 가지고 누구나 놀랄 만한 속도로 신속하게 중앙 대륙의 난세를 평정했다.

하벤 제국을 일으켜서 사실상 전 대륙의 정복을 눈앞에 두었다. 거대한 제국의 지배 체제가 점점 빠르게 단단해지고 있었다.

베르사 대륙에서 살아가는 주민들은 물론이고, 수억 명에 달하는 유저들의 삶이 현재 시점에서부터 달라져 간다.

전략운영실을 비롯한 유니콘 사에서는 베르사 대륙에서 어떤 일이 벌어지더라도 개입하지는 않는다.

대륙의 권력 체제나 특정 세력에 의한 지배 또한 유저들이 스스로 만들어 가는 역사.

태양이 힘차게 떠오르고 달이 차면 기우는 것처럼 하벤 제국이라고 언제까지 영원한 권력을 유지할 수 있겠는가. 베르사 대륙에서 사람들은 직접 삶을 선택하며 살아가게 된다.

다만 전략운영실에서 하는 업무는, 로열 로드 내의 세력 흐름을 따라서 현재가 아닌 미래를 준비하는 것이었다.

손일강 실장은 유니콘 사의 이사들과 중역들이 관심을 갖는, 최초로 대륙을 통일할 황제에 대해서 보고서를 마련하고 있었다.

현재로써는 그 모든 변수들을 감안하더라도 현 하벤 제국의 황제인 바드레이가 베르사 대륙을 통일하게 될 것으로 보입니다. …중략… 북부를 포함하여 실질적인 대륙 전체의 복속에 이르기까지의 시간은 군사 · 상업적인 영향력을 바탕으로 하여 매우 짧을 수 있으며, 그 기간은 3개월 미만이 될 수도 있다고 전망합니다.

손일강 실장은 수백 명에 달하는 분석 요원들의 자료를 참고로 해서 보고서의 결론을 작성했다.

"흠, 마음에 들지는 않는군."

전략운영실의 구성원들은 이름만큼이나 거창하다.

최고의 석학들과 뛰어난 두뇌를 가진 직원들이 배치되어서 베르사 대륙에 대해 분석을 하고 있다.

사람들의 권력에 대한 욕심이나 야망, 꿈과 희망이 교차하는 또 하나의 세계.

하지만 베르사 대륙을 지켜보면서 전략운영실에서 깨달은 게 있다면, 미래를 전망하기란 힘들다는 점이다.

제멋대로 지어진 판잣집 사람들은 웃을 줄 알고 사람들을 배려하기를 좋아한다. 황궁 근처에서 살아가며 거대한 부를 쌓은 상인들은 웃음보다는 심술을 더 자주 부린다.

정의라고 해서 반드시 승리하는 것도 아니며, 탐욕은 살아서 숨 쉬며 사람들을 단단하게 결속시킨다.

악은 어둡거나 밝은 곳에서 끊임없이 살아 일어난다.

베르사 대륙에는 온갖 역사와 전설이 숨어 있고 영웅들은 때를 노리고 있다.

사람들의 마음이 어느 쪽으로 흐르게 될지를 짐작하는 건 진정 신의 영역이 아니겠는가.

"어떻게든 되겠지. 사람들은 자신이 원하는 대로 살아가지는 못하지만 어쨌든 자신의 삶을 살아가는 것이니까 말이지."

드래곤이 날아서 지나갈 때마다 위드의 화살도 지상을 향해서 쏘아졌다.

기사의 갑옷을 꿰뚫으면서 5명씩을 관통하고, 사제들을 그대로 결빙시켰다.

"일찍이 이런 사냥터도 없겠군!"

나름대로 상당한 공적을 세우고는 있었지만 드래곤의 활약에 비할 바는 아니었다.

-크로로로로!

"힘들지?"

-다리와 꼬리가 아프지만 아직은 버틸 수 있다.

"놈들이 수상한 짓을 벌이고 있어. 넌 위대한 능력을 가지고 있지만 방심하지 말고 처리하자!"

-나도 안다. 머리가 아프다. 저놈들을 완벽하게 처리해야 한다.

드래곤은 본래 육체를 효과적으로 많이 쓰는 편은 아니다.

긴 시간 잠을 자면서 게으름을 피우며 뒹굴고, 깨어 있는 동안에도 별다른 활동은 하지 않고 시간을 보낸다.

그렇지만 폭발적인 움직임과 무엇이든 부수는 파괴력은 드래곤의 물리적인 능력도 우습지 않다는 점을 똑똑히 알게 해 주었다.

그러나 엠비뉴의 대신전에서 흘러나오는 어둠의 힘은 그 사이에도 점점 구체화되어 가고 있었다.

드래곤이 건물을 부숴서 숨어 있는 사제들을 깔아뭉개고 위드가 노출된 사제를 찾아내어 화살을 쏴서 죽인다고 하더라도 어둠의 힘은 잠깐 주춤하였을 뿐, 어둠의 그림자가 모여들면서 얼굴과 팔과 다리가 형성되었다.

헤울러와 고위 사제들의 신성 마법의 완성!

"거룩한 엠비뉴의 상징이여! 오만하고 건방진 저들을 처리하기 위해서 그분의 힘이 강림하였다."

"우오오오오오!"

위드는 어둠의 힘을 견제하기 위해서 화살을 몇 개 쏴 봤지만 사제들의 물샐틈없는 보호 마법에 막혀 버렸다.

"저걸 몸으로 들이받아서 부숴!"

-막대하고 더러운 힘이 느껴진다. 나로서도 우습게 볼 수 없다.

드래곤조차도 어둠의 힘에 다가가는 것을 꺼렸다.

헤울러 혼자만이 아니라 대신전에 살아남은 수천 명의 고위 사제들 그리고 대신전의 건물과 땅에 축적되었다가 흘러나온 신성력이 전부 동원되고 있는 것이다.

어둠의 힘이 뭉쳐서 거대한 엠비뉴의 화신이 움직이기 시작했다.

엠비뉴를 상징하는 석상처럼 8개의 팔을 가지고 있으며 각기 하나씩의 무기들을 들고 있었다.

어둠이 모여든 덩치까지도, 드래곤을 압도할 정도로 훨씬 거대하다.

엠비뉴의 화신이 하늘과 땅을 울리며 말했다.

-너희는 신인 나의 종이다. 결정된 운명을 거역하려 하는가?

-그 누구도 명령을 내리지 못한다.

-두고 보면 알겠지. 신의 위대한 이름으로 그 자랑스러운 날개와 팔다리를 찢어 내고 짓밟아 주리라.

-웃기지도 않는군. 너는 나에 의해 파괴될 것이다.

엠비뉴의 화신과 드래곤의 말싸움이 벌어졌다.

빛을 잠식해 들어가는 짙은 어둠이 밀려오자 드래곤은 더 높은 하늘로 날아올랐다.

"이 속도를 쫓아오지는 못할 거야. 이러면 어쩔 수 없겠지?"

하지만 위드는 뒤를 돌아보고 공포스러운 광경에 깜짝 놀랐다.

8개의 팔에 제각각 활, 창, 검, 도끼, 사슬, 채찍, 마력구를 들고 있는 화신이 날아오르는 것도 아니고 몸이 늘어나면서, 거리와 속도의 제한도 없이 하늘로 솟구치며 따라오는 것이다.

"도망치는 건 안 될 것 같아. 반격해!"

-도망이 아니다! 나는 도망치지 않는다.

"까다롭기는. 작전상 후퇴를 하더라도 실속이 없을 거야. 먼저 선제공격을 날려 주는 게 어떨까?"

-그렇게 하겠다.

드래곤은 선회해서 엠비뉴의 화신을 향해 강하게 쇄도했다.

속도와 물리적인 힘으로 어둠의 힘이 모인 결정체를 파괴해 버리려는 시도를 했다.

-오너라, 미욱한 종이여. 순수한 피를 실컷 흘리게 해 주지.

엠비뉴의 화신은 팔들을 한꺼번에 움직이며 드래곤을 향해서 활을 쏘고, 창을 찌르고, 검을 휘두르고, 도끼로 내려쳤다.

엄청난 속도의 합동 공격이었다.

다가오는 드래곤의 동체를 사슬로 붙잡고 채찍질을 하며 마력구로 눈 깜짝할 사이에 번개류의 마법을 7개나 생성!

드래곤의 보호막을 5개나 통과하여 본체를 강타했다.

-온몸이 저릿저릿 울릴 정도로 심하게 감전되었습니다.
생명력이 감소합니다.
정신이 혼미해지려고 했지만 강한 집중력으로 이겨 냅니다.

드래곤이 중심을 잃고 휘청거리면서 어둠의 결정체를 꿰뚫지 못하고 스쳐 지나갔다.

"커억!"

위드의 생명력도 덩달아서 27,000이나 감소했다.

직접 공격을 당한 대상은 드래곤 아우솔레토였으나 같이 붙어 있는 것만으로도 적지 않은 타격을 받고 만 것이다.

공중에서 추락을 하던 드래곤은 땅으로 떨어지기 전에 다시 정신을 차리고 날아올랐다.

드래곤이 큰 부상을 당해서 패배하면 덩달아 죽게 되니 위드는 절로 걱정이 들었다.

"괜찮아? 계속 싸울 수 있지?"

-뜨겁고 이상한 기운이 몸을 관통했다. 더러운 마법 같다. 용납할 수 없다.

드래곤은 중간에 비틀거리긴 했지만 다시 선회를 하면서 엠비뉴의 화신을 두 발로 낚아채려고 하였다. 하지만 화신이 먼저 창을 던졌다.

-캬아아악!

드래곤의 복부에 창이 꽂혔다.

그 깊이야 얕았고, 총 생명력에서 감소한 충격도 사실 그렇게 크지는 않았다. 아우솔레토는 맷집과 보호막 이상으로 생명력 역시 무지막지하게 높았기 때문.

콰아아아앙!

하지만 엠비뉴의 창은 산산이 부서지면서 드래곤에게 2차 충격을 주었다.

등에 타고 있던 위드에게도 피해가 전달되어 어둠의 힘에 의해 생명력이 10,000 정도나 감소했다.

엠비뉴의 화신이 소모한 창은 어둠의 힘에 의해서 다시 생성되었다.

-어떻게 해야 하지?

"몰라. 약점을 찾기 위해서라도 계속 싸워 봐야 하겠지."

드래곤은 비틀거리면서도 공중에서 다시 방향을 잡았다.

엠비뉴의 화신은 멈추지 않고 계속 뒤를 쫓아왔다.

드래곤은 십여 번을 공중에서 화신과 교차하며 싸움을 벌였지만, 그때마다 일방적인 피해만 입었다.

-괴롭다. 아프다. 저 마법은 정말 강하다. 그러나 내가 공격을 당하다니, 너무도 수치스럽다.

위드도 잠깐 지켜보았지만, 현재로써는 엠비뉴의 화신을 상대할 마땅한 방법이 없었다.

그가 할 수 있는 것이라고는 화살을 쏘는 것이 고작이었는데, 그 정도는 화신이 들고 있는 방패에 어렵지 않게 막혀 버리고 만다.

드래곤의 앞발이나 꼬리 공격을 당하더라도 안개처럼 흩어졌다가 다시 합쳐져 버리니 생명력이나 복원력의 한계가 어디까지인지도 알 수 없었다.

'드래곤과도 비등하게 싸울 수 있다니 놀라운 마법이군. 엠비뉴 교단 최후의 마법인가. 그래도 뭔가 약점은 있을 것이다.'

만약 위드가 저 마법을 상대로 혼자서 싸웠다면 더 암울한 상황에 처하게 되었으리라.

신들의 축복에 의해서 무기 등에 신성력을 부여한다고 하더라도, 엠비뉴의 화신의 물리적인 능력은 거의 드래곤에 비견될 정도였다.

-분노가 치민다. 용납할 수 없다.

"저건 잠깐 놔두고 밑에 인간들부터 해치우는 게 어때?"

-자존심 때문에라도 피할 수는 없다.

"물론 그렇지만 지상으로 내려가는 쪽이 더 유리할 거야. 어차피 저 마법도 우리를 쫓아오겠지만, 그러면 자기편도 함께 위험에 빠지게 되겠지. 도망치는 게 아니라 계속 쫓아오게 만드는 거야!"

-그렇다면 내려가자.

아우솔레토의 입에서 독의 기운이 뿜어져 나오기 시작했다.

이때부터 슬슬 아우솔레토의 태도가 바뀌어 갔다.

세뇌에서 풀려난 지 시간이 조금 흘렀고, 고통이 그의 정신을 일깨우고 있었다. 거만하고 자신밖에 모르는 성격이 되살아나며 이제 더 이상은 위드에게도 친절하게 굴지 않았다.

-무엇을 하느냐. 놈을 화살로라도 제대로 맞혀라. 그 정도

도 똑바로 못할 거면 차라리 독을 마시고 죽는 게 나으리라.

"그런 식으로 말하면 곤란하지. 내가 널 구해 줬잖아."

-그랬나? 혼자서도 벗어날 수 있었을 것이다. 고작 그 정도를 가지고 은혜를 베푼 듯이 말하니 가소롭구나.

분노한 드래곤에게 욕을 먹어 가면서 위드는 엠비뉴 교단을 향해 화살을 쐈다.

회전하면서 휘어지는 화살들은 사제들의 보호 마법의 취약한 부분을 절묘하게 파고 들어가서 얼음덩어리로 바꿔 놓았다.

징벌의 사제, 그리고 엠비뉴 교단의 대신전에서만 볼 수 있는 참악의 사제가 주요 목표물!

드래곤의 마법 저항력, 물리 저항력은 최상의 수준이라서 타고 있는 것만으로도 훌륭한 방패가 되어 주었다.

숱한 공격 마법들이 아우솔레토를 향하여 날아왔지만 절반도 맞지 않았고, 그나마도 대부분은 보호막에 막힌다.

몸에 적중되더라도 거뜬하게 버티며 휘청거리지 않았다.

"저쪽에 모여 있는 녀석들은 별거 없으니까 신경 쓰지 말고, 흩어지는 사제들부터 죽이는 편이 나을 것 같아!"

-보잘것없는 너의 쓸모없는 의견은 참고하겠다.

드래곤의 움직임은 최고 성능의 전투기를 연상시킬 정도였다.

빠르고, 과격하며, 지독하게 공격적이다.

계속 쫓아오는 엠비뉴의 화신을 뒤로하고 몸으로 건물들을 부수면서 통과하고 사제들을 짓밟고 다시 날아올랐다.

다만 아까와 같은 여유는 없어서, 지면 가까이 스쳐서 날아갈 때에는 셀 수 없을 정도로 많은 화살과 마법이 보호막에 부딪치며 화려한 불꽃놀이를 만들었다.

대부분의 공격들은 별 의미 없이 막혔지만 그래도 세뇌와 종속의 권능이 있는 붉은 채찍은 드래곤의 보호막을 꿰뚫고 날아와서 본체를 때리며 고통을 주었다.

신앙심을 바탕으로 영혼 자체에 충격을 주는 붉은 채찍이라서, 드래곤도 그것만큼은 매우 고통스러워하면서 피하려 들었다.

"사제를 해치워라. 추적 화살!"

드래곤을 타고 있는 위드의 화살은 폭발의 연기 사이를 뚫고 갑자기 날아와서 사제들을 공격하는 쓸모 있는 공격 수단이었다.

드래곤에게는 구박을 당하고 있었지만 그렇더라도 사막의 대제이며 세계를 구하는 용사인 위드의 전투 능력이 어디 가서 무시당할 정도는 아니다.

공격 마법을 펼치는 사제들이 취약해진 사이에 몸에 정확히 꽂히는 화살은 순식간에 생명을 잃게 만들었다.

고속 이동을 하는 드래곤의 등에서 화살을 쏘기란 어려웠지만, 정확한 목표를 겨누지 않고 사제들이 밀집한 지역으로 휘어지는 화살을 마구 난사했다.

띠링!

-대단한 전공을 세웠습니다.
화살 공격이 서른한 번 연속으로 적의 생명을 빼앗았습니다.
명성이 721 증가합니다.
경험을 통해 민첩이 1 높아집니다.
호칭 '백발백중 맞히는 자'를 획득하셨습니다.

쏘기만 하면 광신도나 사제 중에서 누군가는 맞는다.

그렇게 대신전의 사방에 흩어져 있는 사제를 찾아내서 몇 명씩 처리하고 있었는데도, 엠비뉴의 화신은 전혀 약해지는 기미도 보이지 않았다.

드래곤은 엠비뉴의 화신이 다가올 때마다 연거푸 크고 작은 상처를 입었다.

그리고 드래곤의 등에서 전투를 한 지 5분이 지났을 무렵이었다.

띠링!

-특수 직업 획득 퀘스트 '드래곤의 동반자'가 발생했습니다.

드래곤의 동반자

고고한 드래곤은 인간의 도움을 바라지 않는다. 그들의 믿음을 얻기란 불가능에 가까우며, 대화조차도 어렵다.

상상력이 뛰어난 인간들은 끊임없이 드래곤을 길들이고 지배하고자 하는 유혹을 떨쳐 내지 못했다.
드래곤과 함께 전투를 치르는 드래곤 나이트!
이루어지지 않은 전설 속에 존재하는 직업이지만, 목숨을 건다면 시도할 수 있다.
성공 확률이 과연 존재할지는 의문이지만.
드래곤에게 인정받는 인간이 되기 위하여 적을 격퇴하라!
전투 중에 다섯 번 이상 드래곤을 감탄시킨다면 그는 당신의 이야기를 들어 줄 것이다.
난이도 : S
보상 : 연계 퀘스트 '드래곤의 심장'.
퀘스트 제한 : 레벨 790 이상, 전투 관련 스킬의 마스터, 기마술 마스터, 드래곤과의 인연.

직업 설명 : 드래곤 나이트
드래곤을 타고 전투를 치르는 기사, 혹은 전사를 통틀어서 부르는 이름입니다.
작은 전투에서는 드래곤 나이트의 특별함이 드러나지 않을 수도 있을 것입니다. 시시한 적을 상대로 드래곤이 그 큰 날개를 펼쳐야 할 이유는 없기 때문입니다.
하지만 전투의 크기가 커지고 감당할 수 없는 적들이 몰려오면 친구인 드래곤을 부를 수 있습니다.
정신적인 교감을 나누는 드래곤은 본래 세상의 분쟁에 끼어들지 않는 법칙을 가지고 있지만, 친구의 일에는 관여하기를 망설이지 않습니다.
드래곤은 자신만의 선악의 기준을 갖고 있습니다. 어느 정도까지 친구를 도울 수 있을지는, 서로의 친밀한 관계에 따라서 달라집니다.
다섯 가지 이상의 전문 전투 스킬을 궁극의 단계에 근접하는 수준으로 익히고 인간 중에서 어떤 몬스터라도 두려워하지 않을 정도의 무력을 가진 자에게만 기회가 주어질 것입니다.
만약 드래곤 나이트가 된다면 인간 세상에서는 왕 이상의 영향력과 그 이상의 명예를 얻게 됩니다. 왜냐하면 인간으로서 운명의 한계를 개척한 드래곤 나이트에게는 국왕도 허리를 숙이지 않으면 안 될 테니까요.

난이도 S급 퀘스트의 등장!

그것도 무려 직업으로, 드래곤 나이트와 연관된 의뢰였다.

위드는 이번에 나타난 퀘스트에 대해 영광이나 떨림보다는 눈앞이 다 캄캄했다.

'이건 뭐, 그냥 죽으라는 뜻이군. 고성능 폭탄을 몸에 두르고 불난 집에 들어가서 삼겹살을 구워 먹는 거나 다를 바가 없구나. 아예 몸에 참기름까지 바르라고 하지.'

드래곤 나이트로의 전직 기회가 주어진 것만으로도 자랑거리는 될 만했다.

위드도 그 이상의 욕심은 없었다.

지금은 우연에 우연이 겹친 것과 같은 상황이다.

어쩌다 퀘스트 중에 인간 중에서 최고의 무력을 쌓게 되고, 드래곤 아우솔레토의 등에도 잠시 얻어 타는 신세가 되었다.

하지만 언제 지금처럼 드래곤의 넓고 편안한 등에서 호사를 누리는 게 아니라 이빨 사이에 끼게 될지 모르는 처지이다 보니 즐거움을 만끽할 수도 없었다.

하기야 전직 퀘스트를 성공하더라도 앞날이 문제다.

원래의 세상으로 돌아가야 하는데 혼돈의 드래곤이자 블랙 드래곤인 아우솔레토와 대륙을 질타한다는 것이 어떻게 가능하겠는가.

"퀘스트를 거부하겠다."

-단 한 번밖에 주어지지 않는 기회입니다.
정말 퀘스트를 거부하시겠습니까?

"절대 안 할 거야."

-드래곤의 동반자 퀘스트를 거부하셨습니다.
전투 명성이 8,329 감소합니다.
드래곤 아우솔레토와의 친밀도가 감소합니다.

명성은 떨어졌지만, 위드는 미역국을 마신 것처럼 속이 훨씬 편했다.

어둠의 힘으로 생성된 엠비뉴의 화신은 쫓아오면서 드래곤과 계속 맞부딪쳤고, 강력한 마나의 파동은 반경 100미터 정도까지 퍼져 나갔다.

그 소리와 충격은 대신전을 넘어서 메마른 울부짖는 폐허까지도 미쳤다.

"이게 무슨 소리……."

"두렵다. 두려운 힘이 저쪽에서 느껴지고 있다."

몬스터들이 일제히 고개를 들어서 대신전이 있는 방향을 쳐다보았다.

그들이 있는 장소에서는 제대로 보이지 않았지만, 하늘로 무언가가 솟구치고 빠르게 내려오면서 지진처럼 어마어마한 진동과 천둥벼락 같은 소리가 난다.

어둠의 힘이 불러온 엠비뉴의 화신과 드래곤의 싸움.

몬스터들도 느낄 수밖에 없었다.

그리고 그들은 일그러진 생명들의 조율자이며 최상위 포식자인 드래곤을 따를 수밖에 없는 존재!

초식동물이 육식동물을 경계하고 두려워하듯이, 모든 생명들은 드래곤을 경외하며 기꺼이 지배를 받아들이게 된다.

알 수 없는 장벽은 엠비뉴 교단과 세상을 나누는 경계 역할을 하고 있었다. 장벽의 근처나 혹은 그 너머에서, 악화된 신성력에 접촉한 짐승들과 살아 있는 생명들이 강제로 몬스터화되는 이유였다.

육체는 돌연변이화되고, 깊이 있는 사고는 이루어지지 않는다.

쩌저적!

신성력과 마나의 파동을 이기지 못한 알 수 없는 장벽에 금이 가기 시작했다.

반쯤 무너져 있던 장벽들의 붕괴 속도가 가속화되더니 결국 흙먼지를 일으키면서 한꺼번에 허물어졌다.

밀집되어 있던 악화된 기운이 방출되면서, 멀쩡하던 동물들도 곧 순간적으로 몬스터화가 진행되었다.

그들은 자신의 몸을 보며 어리둥절해하더니 곧 고개를 돌려서 대신전이 있는 방향을 쳐다보았다.

"구우우우?"

"저기…로 가야 한다."

메마른 울부짖는 폐허에서 아무 목적 없이 서성이던 몬스터들이 한꺼번에 대신전으로 이동하기 시작했다.

일찍이 그 유례를 찾기 힘든 대규모 몬스터들의 이동.

시커멓게 썩은 강에서 잠시 머뭇거리면서 멈추기도 했지만, 물속을 걸어서 반대편으로 넘어왔다.

강에는 본래 뼈와 살이 녹을 정도의 지독한 독이 흐르고 있었지만 지금은 블랙 드래곤 아우솔레토에 의하여 중화되어 버렸다.

드래곤은 소모하는 마나만큼 자연으로부터 흡수를 하는데, 블랙 드래곤인 만큼 독으로부터 막대한 에너지를 얻는 것이다.

그 결과 시커멓게 썩은 강은 조금 더러운 일반 강으로 바꿔어 버린 후였다.

"가…자."

"저기로 가야……."

몬스터들이 끝도 없이 첨벙거리며 강을 넘어서 대신전을 향했다.

The Legendary Moonlight Sculptor

엠비뉴의 화신

-또다시 저 시커먼 그림자 같은 것이 다가온다. 저건 강하고 아프다. 온몸이 멀쩡한 곳이 없다.

드래곤의 엄살은 더욱 심해졌다.

"내가 빈틈을 만들 테니 넌 오른쪽을 노려!"

-감히 명령하지 마라. 고작 인간 따위가 나에게 지시할 수는 없다.

"그러지 말고, 친구 사이에 서로 잘해 보자는 의미로 말한 거잖아. 네가 당하면 지금은 내가 슬프니까."

-친구 따위가 왜 중요하지? 다시 나에게 명령한다면 죽이겠다.

"제가 기회를 만들어 볼 테니 오른쪽을 공격해 주시면 안 되겠습니까?"

-부족하지만 나쁘지 않은 의견이로군. 허락한다.

위드가 쏜 화살이 엠비뉴의 화신 앞에서 화염을 일으키면서 폭발했다.

8개나 되는 팔로 동시에 공격 무기를 다루다 보니 드래곤도 접근했다 하면 연속 공격에 의하여 초주검이 되었다.

지상의 적들은 조금 해치웠다고는 하나 아우솔레토의 몸에는 여러 거대한 무기들이 꽂혀서 덜렁거리고 있었다.

엠비뉴의 화신이 발하는 공격은 어둠의 힘과 신성력을 바탕으로 이루어져 있다 보니 드래곤도 극심한 고통을 느꼈다.

아우솔레토가 드래곤으로서 완전히 자각을 하고 있다면 당연히 전투 방법 역시 훨씬 효율적으로 바뀌었으리라. 수비와 공격을 조율하면서 틈틈이 스스로에게 회복 마법을 걸어줄 수도 있으니 비약적인 전투력의 상승이 이루어질 것이다.

그러나 지금은 육탄전 위주였고, 피해를 거의 입지 않는 엠비뉴의 화신이 오히려 훨씬 우위를 점하고 있었다. 추격 속도, 공격 범위, 연속 공격에 있어서 아우솔레토를 압도했다.

위드는 엠비뉴의 화신이 드래곤과 싸우는 틈에 쉬지 않고 화살을 발사했다.

푸슈슉!

-화살이 엠비뉴의 화신의 가슴을 관통하였습니다.
화신에게 피해를 입힙니다.
어둠의 힘이 이를 감싸서 피해량을 최소화합니다.
신성력이 피해를 입은 만큼 회복시킵니다.

'흠, 사제들을 해치우지 않으면 안 될 것 같은데. 이 신성 마법이 완성되도록 놔둔 것이 실수였던 것 같군.'

헤울러를 중심으로 한 사제들은 지속적으로 생명력과 어둠의 힘, 신성력을 화신에게 부여하고 있었다. 화신은 그러한 능력을 바탕으로 해서 위드의 화살은 거들떠보지도 않았을 뿐만 아니라 드래곤의 공격에도 꿋꿋이 버텼다.

드래곤이 하늘을 날며 양다리로 몸통을 갈기갈기 수십 갈래로 찢어 놓았지만, 화신은 일반적인 육체를 가지고 있는 게 아니다. 어둠의 힘이 이를 복구하고, 신성력이 금세 치유를 해냈다.

수백 명 이상의 고위 사제들이 계속 생명력과 체력을 늘려 주고 있었으니 상대하는 입장에서는 난감하기 짝이 없는 상황!

뒤를 따라오는 움직임은 드래곤의 비행 속도보다 훨씬 빠른 데다 집요하고 끈질겼다.

어둠의 힘으로 형성된 시커먼 화신이 뒤따라오는 그 소름 끼치는 광경!

지상에서는 엠비뉴의 병사들이 창을 들고 마구 떠들고 있었지만, 그들을 공격할 시간조차도 모자랐다.

지고의 존재인 드래곤도 짧은 순간에 피해를 심하게 입었고, 이대로 당해서 추락하게 되면 화신을 상대할 방법이 마땅히 없는 것이다.

"뒤따라온다. 건물 사이를 통과해서 따돌린 다음에 높은 곳으로 날자!"

-명령을 하면 죽인다고 했는데 아둔한 인간이 그새 잊어버린 모양이로군. 내 등에 타고 있는 게 슬슬 귀찮던 참이었는데 잘되었다.

"그거 참 말 많네. 아무튼 더러운 성격은 기억을 잃어도 마찬가지야."

-뭐라고?

"말 많고 성격 더러운 놈들이 위대하신 아우솔레토 님을 몰라보는 것 같다는 말입니다. 그놈들의 야비한 수단을 효과적으로 막아 내기 위해, 저 건물을 지나서 지금보다 조금 더 높은 곳으로 올라가는 게 어떨까요?"

-나도 그렇게 생각했다.

드래곤은 건물 사이를 비스듬히 날아서 통과한 다음에 날개를 활짝 떨치더니 더 높은 하늘 쪽으로 비행 방향을 바꾸었다.

긴박한 상황에서도 아부를 기본으로 쥐어짜 내면서 드래곤의 비위를 맞춰 줘야 하다니, 위드가 아니라면 못할 짓!

자존심은 라면 끓이며 계란을 넣는 것 정도에만 지키면 충분한 위드이기에 가능한 일이었다.

위드를 태운 드래곤은 하늘로 급상승했지만, 지상의 사제들에게 어떤 마법을 부여받았는지 엠비뉴의 화신도 더 빨라진 속도로 계속 쫓아왔다.

"분명히 뭔가 약점이 있을 텐데."

드래곤마저도 감당하기 버거운 공격력에 무한대에 가까운 회복력까지 갖췄으니 실로 엄청난 신성 마법이다.

"이런 놈을 상대로 싸우라고 했다니, 정말 해도 너무한 노릇이군!"

위드가 하늘로 올라가자는 제안을 한 까닭은 위기의 상황에서 약간이라도 시간을 벌어 생각할 여유를 찾기 위함이었다.

그런데 속도가 더욱 빨라진 엠비뉴의 화신은 드래곤의 뒤를 바짝 따라와서 도끼로 내려찍고, 검으로 찌르고, 칼로 베었다.

-크오오오!

연속 공격을 계속 허용하는 드래곤!

드래곤이 괴성을 지르며 방향을 바꾸어 봐도 화신은 한번 잡은 기회를 놓치지 않고 끈질기게 뒤를 추격해 왔다.

고개를 뒤로 돌리니 화신을 가까운 거리에서 또렷하게 바라볼 수 있었다.

검은 연기 같은 물질로 이루어진 화신에게도 얼굴이 있었다.

시퍼렇게 발광하는 눈빛과 고추장이 묻은 것 같은 붉은 입에서는 연기가 모락모락 난다.

꿈에 나타날까 두려운 표정!

－아프다. 내가 이런 고통을 느끼게 되다니. 미칠 것 같다. 쿠와아악!

드래곤은 계속 비명을 질러 댔다.

고결한 드래곤이라고는 해도 궁지에 몰리자 덩치 큰 1마리의 도마뱀과 크게 다를 바가 없다.

정상이 아닌 몸 상태에서 위험한 공격들을 계속 당하고 있으니 버틸 수가 없었던 것이다.

－친구, 어떻게 해야 하는가?

“친구는 무슨. 역시 세상의 이치는 다 똑같아. 제가 아쉬울 때만 친구지.”

－뭐라고?

“나도 어떻게 해야 할지 생각하고 있어!”

급기야 아우솔레토는 위드에게 먼저 의견을 물어보기까지 했다.

상당히 온순해졌다는 증거!

‘역시 버릇없는 애들 교육에는 매가 약이군.’

드래곤을 보고 있자니 잘못된 교육철학까지 무럭무럭 피어날 정도였다.

위드는 잠깐 머리를 굴리고 나서 결국 최종적인 해답을 찾아냈다.

"저놈을 해치울 방법은 있어."

-무엇인가. 당장 말해라.

"쉬운 것과 어려운 게 있는데, 어느 쪽이 더 좋아?"

실제로 방법은 하나밖에 없었지만, 일부러 쓸데없는 질문을 하며 시간을 끌었다.

드래곤으로부터 무시와 핍박을 받았던 뒤끝!

엠비뉴의 화신이 드래곤을 계속 쫓아오면서 크고 작은 공격을 하고 있었지만 아직은 버틸 만하다. 드래곤을 약화시키기 위하여 조금 더 맞을 때까지 일부러 놔두는 것이었다.

원래 이 바닥이 다 그렇고 그런 것이니까.

-아프고 고통스럽다. 쉬운 걸로 하자.

"내 말을 확실히 믿고 따라 줘야 하는데, 그렇게 할 수 있지?"

-당연하다. 지금 공격을 당하고 있지 않은가. 빨리 말해라.

"믿음이야말로 세상을 살아가는 데 있어서 중요한 가치지. 방법은 간단해. 아까 연습한 것처럼 있는 힘껏, 숨을 할 수 있는 한 크게 들이마셔."

-그리고?

"저놈을 향해 한꺼번에 내뱉어!"

드래곤 아우솔레토는 화신으로부터 상당히 혹독하게 공격을 당했다. 화신이 여러 개의 팔로 동시에 무기들을 다루다 보니 연속 공격이 끝도 없이 이어진 것이다.

그 분노와 위기감이 이만저만이 아니었는지, 위드의 방법을 듣자마자 자신이 할 수 있는 최대한의 역량으로 숨을 들이마셨다.

폭풍이 일어나는 때처럼 거센 바람 소리가 났다.

드래곤의 흉곽이 부풀면서 몸 전체가 잔뜩 부풀어 올랐다.

그리고 아우솔레토는, 날개를 접고 뒤를 돌아서더니 엠비뉴의 화신을 향해 숨결을 내뱉었다.

쿠콰과과과과!

드래곤의 입에서부터 발사되는 시커먼 줄기!

블랙 드래곤의 브레스가 엠비뉴의 화신을 강타했다.

이 순간 모든 것이 정적에 빠진 것만 같았다.

블랙 드래곤의 브레스!

그 강렬한 힘의 줄기가 엠비뉴의 화신을 덮고 그대로 하늘을 가로질러서 대신전의 외곽 성문 부분을 강타했다.

마나로 이루어진 독의 원천!

폭발도 없이 범위 내의 모든 물질을 녹여낸다.

성문 부근에 모여 있던 엠비뉴의 군대는 한순간에 소멸했다.

직접 브레스에 닿은 녀석들은 말할 필요도 없고, 근처에 있던 놈들도 갑자기 피어난 독가스에 흔적도 없이 몸이 녹아 내렸다.

땅과 건물들도 함께 녹았다.

-크오어! 아, 안 돼… 이 모든 원한을 풀지도 못하고…….

그러나 엠비뉴의 화신은 브레스조차 버텨 냈다.

처음에는 브레스에 밀려서 몸의 대부분을 상실했지만, 헤울러와 사제단이 지속적으로 생명력과 마력을 보충해 주자 끈질긴 생존력으로 되살아났다.

"이런 지독한 놈!"

드래곤의 등에 탄 채 그 광경을 보고 있던 위드는 혀를 내둘렀다.

이 신성 마법의 정체는 대체 무엇이란 말인가.

드래곤의 브레스에 직격당하고서도 버텨 내는 끈질긴 능력이라니!

아마도 엠비뉴 교단의 비장의 무기임에는 분명하다.

아우솔레토도 그것이 마음에 들지 않았는지, 화신을 향해 더욱 거세게 브레스를 계속 내뿜었다.

-이, 이럴 수는…….

엠비뉴의 화신이 녹아내리기 시작했다.

복구된 몸의 일부분이 다시 사라지더니, 그 부분에서부터 뜨거운 햇볕에 눈이 녹는 것처럼 전체적으로 점점 소멸되어 갔다.

얼굴, 마지막으로 잔혹한 눈동자를 잃어버리면서, 엠비뉴의 화신은 마침내 완전하게 소멸했다.

엠비뉴의 화신이 사라졌습니다.
엠비뉴가 이 땅을 파괴하기 위해서 추종자들에게 남겨 놓은 파편 중의 일부, 영혼의 잔여물이 깨지고 말았습니다.
엠비뉴 교단을 따르는 모든 신도들이 발휘하는 신성력이 13% 감소합니다.
이 효과는 앞으로 영구히 지속될 것입니다.
전투에 참여하여 역사적인 전투 공적을 세우셨습니다.
모든 스탯이 6 높아집니다.
전 대륙의 모든 종족으로부터 용사로서 존경받으실 것입니다.
호칭 '악신을 죽인 자'를 획득하셨습니다.
모든 신성 마법과 저주 마법의 악영향이 16% 감소하며, 지속 시간이 줄어들어서 빨리 정상으로 돌아올 수 있게 됩니다.
명성이 23,989 오릅니다.
시간이 흐름에 따라 엠비뉴 교단의 영향력이 대륙 전체에 걸쳐서 감소하게 됩니다.

엠비뉴의 화신이 소멸됨에 따라 지상에서도 변화가 있었다.

"캬으윽, 우리의 믿음이 여기서 깨지다니……."

"끝, 이것이 끝이 될 수는……."

신성 마법을 구성하던 사제들은 대신전의 곳곳에서 늘어나서 마지막에는 약 1,000여 명이나 되었다. 헤울러와 고위 사제들만 400여 명이나 되었고, 일반 사제들도 힘을 합치고 있었다.

그런데 엠비뉴의 화신이 감당하지 못할 공격력에 파괴되면서, 그 충격이 생명력의 근원이 되는 사제들에게까지 미치게 되어 속속 목숨을 잃고 쓰러졌다.

"세상을 소멸시킬 수 있으리라 믿었는데……."

헤울러와 직속 사제들은 죽지는 않았지만 생명력과 마력에 엄청난 데미지를 입고 주저앉았다.

-대신전의 중요 건물들이 절반 이상 파괴되었습니다.
신을 받들 만한 건물들은 무너지는 탑에 깔려서 박살 나고 화염에 휩싸였으며, 신앙의 성소마저도 드래곤의 브레스에 의하여 형태를 잃고 녹아 버렸습니다.
지역을 가득 채우던 엠비뉴의 신성력이 약해집니다.
성지는 더 이상 그 기능을 다하지 못하게 되었습니다.
엠비뉴를 따르는 자들에게 주어졌던 능력 강화와 불가사의한 회복력이 원래대로 돌아옵니다.
엠비뉴를 부정하여 약화되었던 자들의 육체와 정신력이 정상으로 됩니다.

엠비뉴의 성지 효과마저도 이제 사라져 버렸다.

대신전의 하늘에 떠오른 드래곤 아우솔레토에 의해 대충 평정이 되는 모습.

아우솔레토가 고개를 높이 들어 올리며 포효했다.

-그오오오오오오오!

세상의 모든 생명을 가진 이들에게 고하는 듯한 광오한 울부짖음.

드래곤의 존재감이 확 퍼지면서, 박동하는 심장까지도 위축되게 만들어 버리는 드래곤 피어!

대신전에서 분주하게 움직이던 기사들과 괴물들이 움직임을 멈추고 경외 어린 눈으로 하늘을 쳐다보았다.

땅에서 하늘에 있는 드래곤을 보며 느끼는 위압감이야 오죽하겠는가. 죽음의 사신이 옆에 다가와서 콜택시 불러 놨으니 어서 가자고 재촉하는 것과 같았다.

－전부가 혼란스러웠다. 이 세상은 어디이고, 나는 또 누구인가. 그러나 이제 알 수 있을 것만 같다. 나는… 나는 바로…….

위드는 엠비뉴의 화신이 소멸하는 순간부터 대비하고 있었다.

세상에는 영원한 적도 영원한 동지도 없다.

한때의 친구가 크면서 경쟁자와 원수가 되는 경우도 허다하고, 적으로 만났더라도 나중에는 웃으면서 커피라도 한잔 마실 수 있는 사이가 되기도 한다.

사냥개를 키웠으면 목적을 달성한 이후에는 신속하게 삶아야 하지 않겠는가.

그러한 입장 변화에 있어서 위드는 매우 정확한 순간을 놓치지 않는 편이었다.

위드는 벌써 말살의 검을 빼어 들고 있었다.

그 용도야 따져 물을 필요도 없이 뻔한 것!

"일점 공격술!"

말살의 검으로 드래곤의 뒤통수를 강타했다.

-드래곤 아우솔레토의 뒷머리를 때렸습니다.
드래곤의 비늘에 의해 대부분의 충격이 흡수되면서 4,314의 피해를 입힙니다.
말살의 검이 2,118의 화염 데미지를 가합니다.

손이 얼얼할 정도의 반발력이 일어났다.

하지만 연속 강타!

-드래곤 아우솔레토의 뒷머리를 때렸습니다.
드래곤의 비늘에 의해 대부분의 충격이 흡수되면서 8,642의 피해를 입힙니다.
말살의 검이 3,329의 화염 데미지를 가합니다.

-드래곤 아우솔레토의 뒷머리를 때렸습니다.
드래곤의 비늘에 의해 상당한 충격이 흡수되면서 11,314의 피해를 입힙니다.
말살의 검이 8,118의 화염 데미지를 가합니다.

-치명적인 일격이 터졌습니다!
23%의 피해를 추가합니다.
상대방의 지능을 4% 감소시킵니다.
약간의 미세한 혼란 상태에 빠뜨립니다.
말살의 검이 3,838의 화염 데미지를 가합니다.

퀘스트를 진행하는 중에 일시적으로 증가한 레벨과, 조각 파괴술로 예술 스탯을 힘으로 몰아줘서 발생된 공격력도 엄청났다.

드래곤은 아직까진 위드를 친구로 생각하고 마나를 이용한 신체 보호도 하지 않아서 그 충격은 더욱 뼛속까지 깊이 파고들었다.

-우둔한 인간, 이게 무슨 짓이냐.

"보면 몰라, 이 멍청한 도마뱀아? 이게 바로 살다 보면 접하게 되는 사회의 쓴맛이다! 달면 삼키고 쓰면 뱉으라고 하였지."

-당장 그만두지 못하겠느냐!

"너라면 그만두겠어? 본래 배신이란 한번 시작하고 나면 무조건 끝을 봐야 하는 법이야."

-지금 멈추면 네가 저지르고 있는 죄를 용서해 주겠다.

"거짓말하지 마. 내가 그런 감언이설에 속아 넘어갈 정도로 어설픈 악인으로 보여? 특히 넌, 없는 잘못도 뒤집어씌울 도마뱀이야!"

위드는 말하는 동안에도 일점 공격술을 빠르게 열한 번이나 터트렸다.

드래곤이 공중에서 세차게 움직이는 바람에 두 번의 공격이 주변부로 향하기는 했지만, 놀라운 정확도였다.

드래곤에게 욕먹고 비위 맞추면서 쌓아 두었던 그 분노 덕분에 더욱 집중력이 발휘된 결과였다.

생전 폭력과는 담을 쌓고 지내 온 선량한 남자에게도 합법적으로 마음껏 직장 상사를 때릴 기회를 준다면 괴력을 발휘할 수 있을 것이다.

물론 드래곤이 반격도 하지 못하고 있기 때문에 더욱 마음 놓고 공격에만 집중했다.

-드래곤 아우솔레토의 뒷머리를 때렸습니다.
충격의 일부가 드래곤의 비늘에 흡수되어 37,892의 피해를 입힙니다.
말살의 검이 11,219의 화염 데미지를 가합니다.

기하급수적으로 높아지는 데미지!

단순한 전투력만 놓고 본다면 헤울러보다 위드가 훨씬 높았다.

-치명적인 일격이 터졌습니다!
318%의 피해를 추가합니다.
상대방의 지능을 1% 감소시킵니다.
드래곤의 비늘 일부를 파괴했습니다.
말살의 검이 42,382의 화염 데미지를 가합니다.

스무 번의 일점 공격술 성공!

위드가 목표로 했던 드래곤의 비늘이 깨어지고 말았다.

이때부터는 어떠한 방어력도 없이 공격이 들어갔다.

아우솔레토는 자신의 머리에서 위드를 떨어뜨리기 위해서 격렬하게 몸을 뒤흔들었다. 하지만 위드는 무기를 들지 않은

왼팔로 드래곤의 뿔을 단단히 붙잡고 있어서 쉽게 떨어져 나가지 않았다.

-크와오오오!

드래곤의 고통에 찬 신음 소리가 하늘을 울렸다.

-역시 인간이란 족속은 믿을 수가 없는 자들이다.

"인간을 원망하지 마. 이렇게 당하는 걸 남들 책임으로 돌리면 마음이 편해질 것 같지? 하지만 원래 이 세상이, 눈 뜨고도 코 베이는 곳이야!"

위드는 드래곤의 가장 취약한 부분 중 하나인 뒤통수를 연속으로 계속 공격하고 있었지만, 정작 아우솔레토가 죽음에 이르려면 아직 한참 남았다.

일점 공격술로 연속 공격을 계속 성공시킨다고 하더라도 아직까지는 조금 많이 아픈 수준이지 생명이 경각에 달하지는 않았다.

그래도 엠비뉴의 화신으로부터 지독하게 당했던 탓에 드래곤의 생명력도 26% 아래였다. 떨어지는 물방울이 바위를 뚫는 것처럼, 공격이 5분 이상 지속된다면 목숨을 잃게 되리라.

'드래곤은 버릴 부위가 하나도 없지.'

비늘은 갑옷으로 쓴다면 그보다 더 좋은 재료가 없다. 경매에 올려놓는다면 최종 금액이 얼마로 낙찰될지 짐작조차 되지 않을 정도다.

뼈는 검을 만들면 무지막지한 절삭력에 파괴력, 마나를 회복하는 능력까지 갖춘 보검이 될 것이다.

피는 잘 뽑아내서 마법 시약으로 만들면 좋다. 희소성에 연구 가치까지 있다 보니 마법사들에게 바가지를 실컷 씌우고도 고맙다는 인사를 들을 수가 있다.

이빨, 수염도 제각각 쓸모가 있었으며, 드래곤의 핵심이라고 할 수 있는 드래곤 하트까지 손에 얻어서 가공할 수만 있다면 대장장이 스킬이 엄청나게 증가하리라.

드래곤의 장비들을 착용하고 난 후에는 전투력도 전과는 차원이 달라질 것이다.

물론 드래곤을 죽일 수 있다면 전투 공적에서 얻는 보상이나 호칭도 결정적일 것임에는 의심할 여지가 없다.

로열 로드를 즐기는 몇억 명의 유저들 중에서 최초로 드래곤을 쓰러뜨리면서 얻는 영광과 보상이 떠오르는 이 순간!

-친구가 배신을 하다니 어째서……. 머, 머리가 깨질 것 같다. 이 고통을 참을 수가 없다.

하늘을 날며 발버둥 치던 아우솔레토가 지상으로 추락을 시작했다.

이대로 죽을 때까지 공중에서 계속 두들겨 맞아 주는 것이 위드의 염원이었지만 그러기에는 한계가 있는 것.

"아이고오!"

-크아아아아아!

땅에는 분노한 엠비뉴 교단의 병력이 기다리고 있었다.

서윤은 모라타의 광장으로 돌아오자마자 왁자지껄 시끄러운 소리들을 들었다.

"가자, 로무드 숲으로!"

"낙지죽 유격대원들은 저녁 11시까지 집결해 주세요."

"오늘 바르고 성채로 13차 지원병이 갑니다. 상인들이 마차를 지원해 주기로 했으니 서쪽 성문 밖으로 늦지 않게 모이세요."

모라타는 전시체제로 재편되고 있었다.

위드의 모험이 어떻든 간에, 북부를 지키기 위한 전쟁은 계속되고 있었다.

전쟁이 불리하게 돌아가고 많은 도시들이 파괴되었지만 북부군은 계속 싸운다.

패배로 이탈하는 사람들보다 오히려 새로 모이는 유저들이 더 많다는 것이 놀라운 점!

이러한 정신은 위드에게서부터 비롯되었다.

적이 강하면 더 제대로 덤벼들어야 한다. 뒤돌아서서 도망쳐 버리면 싸워 보지도 않고 패배하는 것이라는 걸 모험으로 모두에게 보여 주었다.

선술집에서는 유저들이 맥주를 마시며 신이 나서 떠들었다.

"솔직히 우리가 헤르메스 길드보단 약하잖아."

"냉정하게 보면 그렇긴 하지."

"그렇다고 걔들이 북부를 점령할 수 있을 것 같아? 어림도 없지! 전투는 이기더라도 우리를 정복하는 건 불가능해. 북부는 우리의 땀과 노력, 정신력이니까 말이지."

유저들은 이렇게 저항을 하다 보면 결국에는 헤르메스 길드도 버티지 못할 거란 생각을 하고 있었다.

정복을 하더라도 지키지는 못한다.

모든 유저들이 끊임없이 반란을 일으킬 것이기 때문이다.

그렇게 된다면 아르펜 왕국이 멸망하더라도 다시 일으켜 세울 수 있으리라.

"우리 직업은 도둑이잖아. 잘됐지. 헤르메스 길드 점령 지역으로 가서 활동을 하자. 사람들의 응원을 받으면서 마음껏 노략질을 하면 되는 거 아니겠어?"

"도적 떼를 결성하는 것도 괜찮지."

"아, 그건 정말 훌륭한 계획이야."

북부 유저들은 끊임없이 헤르메스 길드를 골탕 먹일 수 있는 계획을 짰다.

전선에서는 헤르메스 길드 중앙군의 현재 소식들이 계속 들려왔다.

중앙 대륙에서 단련된 정복자들의 군대는 북부의 초보자

들을 상대로 연전연승을 거두면서 아르펜 왕국의 왕궁 대지의 궁전으로 향하고 있었다. 또한 우회하는 군대는 바르고 성채로 진격을 하면서, 오크들이 각지로부터 무섭게 모여들었다.

"이 땅은 우리 오크들의 땅, 취익!"

"우리끼리 먹고살기도 너무 좁다. 취취!"

북부의 어느 곳도 전쟁의 그림자로부터 자유로울 수가 없었고 아르펜 왕국의 운명도 풍전등화에 처했지만, 유저들은 위드라는 희망을 놓지 않았다.

역설적으로 위기에 처할수록 위드의 이름이 더 크게 북부 유저들을 결속시켜 주는 매개체가 되었다.

위드가 돌아오기만 한다면 아르펜 왕국 국왕의 이름으로 사람들이 구름처럼 몰려들 테니 지금까지 벌어졌던 전쟁은 존재하지 않았던 것이나 다름이 없다.

그때가 되면 조인족과 같은 조각 생명체들도 적들을 향하여 날개를 떨치게 되리라.

북부 유저들은 위드가 일찍 돌아오기보단 현재 진행하고 있는 퀘스트를 반드시 성공시키고 나타나기를 원했다.

북부에서 살아가는 유저들이라면 자신들의 처지를 빗대어서 위드를 진심으로 응원하지 않을 수가 없기 때문이었다.

'여긴 여전히 정신이 없구나.'

막 돌아온 탓에 서윤의 복장은 초보들과 비슷했다.

"저기요, 무슨 죽이세요?"

광장의 한복판에 서 있다 보니 사람들이 말을 걸어왔다.

"저는……."

"혹시 삶은콩죽 부대?"

"……."

"가면을 쓰신 걸로 봐서 삶은콩죽 부대가 맞죠? 제 언니도 삶은콩죽 부대인데 같이 전쟁터로 가기로 했거든요. 하벤 제국과는 당연히 싸우실 거죠?"

서윤은 퀘스트 때문에 위드와 오랫동안 거의 둘만 지내 왔다. 주변에 인간들이 있기는 했지만 대부분은 NPC 주민들이었다.

갑자기 유저들로 북적대고 있어서 정신이 없었지만, 하벤 제국과 싸울 거냐는 말에는 고개를 끄덕였다.

"잘됐다. 그러면 같이 가요."

서윤은 어느 여성 유저의 손에 이끌려서 콩죽 부대로 향했다.

상업과 사냥, 모험의 중심지인 모라타의 광장에서는 헤르메스 길드를 비난하는 유저들의 격앙된 고함 소리가 계속 들렸다.

공동묘지, 허름한 무덤가에서 눈을 뜬 해골!

어둠 속에서도 광채를 발하는 새하얀 뼈마디와 안광은 무시무시할 정도.

"이곳은……."

해골의 정체는 어비스 나이트인 반 호크였다.

깊은 심연과 절망 속에서 태어나는 최강의 언데드!

그는 깊은 숨을 들이마시며 멀리 보이는 도시를 쳐다보았다.

과거에는 칼라모르 왕국, 현재는 하벤 제국의 도시가 된 레인스타뎀!

"내가 다시 돌아왔는가."

반 호크는 암흑 투기를 발산했다. 그러자 흑암의 기운이 모여들면서 그의 갑옷과 검, 망토가 되었다.

지르르 울던 풀벌레 소리가 중단되고, 나뭇가지를 흔들던 바람마저도 멈추었다.

전쟁의 시대로 가서는 위드에게 무참히 학대와 구타를 당했지만, 그는 어비스 나이트!

과거 바르칸 데모프를 따르며 암흑 군대의 총사령관으로 활동할 당시보다도 더욱 강해져 있었다.

"나타나라, 나의 권속들이여."

반 호크가 부르자 무덤들이 들썩였다.

흙더미가 갈라지더니 썩은 해골들이 일어서기 시작했다.

오래된 공동묘지, 비석조차 세워지지 않은 무덤의 주인들이 등장하였다.

너무 오랜 시간이 경과하면 시체도 약화되기 마련이지만, 그들은 깊은 원한의 힘으로 갓 죽은 시체들처럼 생생했다.

오래전 반 호크가 기사단장으로 지휘하던 칼라모르 제국 기사단의 시체!

해골들이 반 호크를 향해 알은척을 했다.

"킬킬, 단장님, 오래간만이로군요."

"먼 길을 다녀오신 것 같은데, 여행은 즐거우셨습니까요?"

"맥주 한잔 없다니 아쉽군요. 마시더라도 턱뼈로 다 줄줄 새어 버릴 테지만."

반 호크와 해골들은 오랜만에 해후를 나누었다.

"모두 들어라."

"옛!"

해골들은 딱딱 줄을 맞춰서 섰다.

생전의 엄정한 군기를 알려 주듯이 달밤에 서 있는 해골들은 정확한 간격을 유지했다.

"우리의 영광스러운 칼라모르 제국은 더 이상 이 땅에는 없다."

"그게 무슨 말입니까? 칼라모르 제국의 이름이 바뀌었습니까요?"

"3황자 크렉시아드, 설마 그놈이 제국을 팰리컨 공작에게 팔아넘긴 것은……."

"우리의 칼라모르 제국은 다른 국가에 의해 침략을 당해서 사라졌다."

"무엇이라고요?"

반 호크의 설명이 떨어지자 어깨를 들썩이며 놀라는 해골들.

우스꽝스러운 광경이기도 하였지만, 흐르는 눈물을 닦으려고 얼굴에 손가락을 대는 해골도 있었다.

눈물 대신 손가락에 잡히는 것은 낙엽과 흙, 잡초뿐이었지만.

"우리는 칼라모르 왕국의 복수를 한다."

"복수를!"

"지금은 나약한 자들이, 말로써 남을 속이는 자들이 득세하는 시대다. 제국의 기사가 어떤 존재인지 모두에게 보여주자. 무기를 들라!"

해골들은 일제히 손을 머리 위로 들었다.

그러자 암흑의 오라가 생성되면서 검과 창, 도끼와 같은 무기들이 손에 쥐였다. 강력한 암흑 투기와 함께 몸에도 갑옷들이 입혀졌다.

"전쟁을 하러 간다."

"우오오옷, 전쟁! 전쟁, 전쟁!"

"향긋한 피 냄새를 다시 맡을 수 있다니."

반 호크를 선두로, 해골들은 하벤 제국의 도시 레인스타뎀을 향해서 내려갔다.

특별 이벤트가 발생했습니다.

어비스 나이트 반 호크는 칼라모르 제국 기사단 800명으로 결성된 둠 나이트 부대를 이끌고 하벤 제국을 공격합니다.

그들의 목표는 칼라모르 왕국의 재건이며, 현재 그 영토를 차지하고 있는 하벤 제국을 적으로 삼을 것입니다.

칼라모르 왕국과 제국에서 살아갔던 원혼들이 계속 그들 무리에 합류할 수 있습니다.

어비스 나이트 반 호크가 절망과 심연 속에서 얻은 힘을 잃고 다시 평범한 데스 나이트로 되돌아가게 하기 위해서는 목숨을 거두어야 합니다.

The Legendary Moonlight Sculptor

가시밭길의 선택

위드는 드래곤과 함께 뒤엉켜서 추락을 하면서도 뒤통수를 계속 공격했다.

-드래곤 아우솔레토의 뒷머리를 때렸습니다.
드래곤의 약점 부분을 공격하여 126,381의 피해를 입힙니다.
말살의 검이 32,282의 화염 데미지를 가합니다.
둔중한 타격으로 상대의 민첩과 지혜를 일시적으로 저하시킵니다.
혼란으로부터의 회복을 지연시킵니다.

어마어마하게 늘어난 공격력!

드래곤의 마법 보호막과 단단한 비늘은 이제 무용지물이 되었다.

위드의 공격력이 이제야 온전하게 들어가고 있는 것이었다.

매번의 공격마다 드래곤의 능력을 감소시키는 특수한 효과까지 작렬!

띠링!

—강한 공격의 정확도와 연속성에 있어 인간 중에서 가장 뛰어난 업적을 세웠습니다.

위드와 드래곤은 한 덩어리로 엉켜서 땅에 떨어졌다.

마지막 순간에 할 수 있는 것은 드래곤에게 깔리지 않기 위하여 힘껏 공격을 가하고 나서 튕겨 나가는 것이었다.

"커억!"

위드는 건물 위로 떨어져서 지붕을 그대로 뚫고 아래층으로 떨어졌다.

—몸 전체에 큰 충격을 받았습니다.
25초 동안 온몸에 저릿저릿한 느낌이 돌면서 마비 현상이 발생합니다.
생명력이 12,938 감소합니다.

초대형 흑곰이었을 때와는 달리 추락의 피해가 그렇게 크지는 않다. 태양의 전사이며 용사인 인간의 몸으로 돌아온 만큼 유리한 부분도 있는 것이다.

위드는 가뿐하게 몸을 일으켰다.

"추락도 자주 하니 익숙해지는군."

주변을 둘러보니 어린 아기의 시체가 보글보글 끓고 있는 사제단의 연구실이었다.

사제들은 갑작스러운 전투에 동원되어서인지 보이지 않았고, 대신 이것저것 널려 있는 물건들이 많았다.

위드는 본능적으로 연구실에 있는 물품들을 살폈다.

"감정!"

활력의 물

시체를 오랜 기간 삭혀서 만든 물.

엠비뉴의 신성력과 결합되어 믿을 수 없는 활력을 가져다준다.

사소한 부작용으로는, 돌연변이 세포가 발생하여 자신의 몸에서 괴물을 태어나게 할 수 있다. 태어난 괴물이 공격당하면 자신의 생명력이 감소하게 되며, 사망 시에는 큰 충격을 입게 됨.

효과 : 어떠한 상황에서도 체력과 생명력이 절반 이상 회복됨.
신앙심이 영구적으로 4 감소.
한 달간 엠비뉴 외의 다른 신의 축복이 부여되지 못함.

"이건… 내가 마시는 대신 다른 사람 먹이면 괜찮겠군."

연구실에 있는 다른 물품들도 효과는 기가 막히지만 어느 정도의 부작용들이 있는 건 비슷비슷했다.

노력 없이 얻어지는 큰 힘은 중대한 희생을 요구하는 법!

창문 근처로 다가가 밖을 살펴보니 엠비뉴 교단의 기사들과 사제들이 아우솔레토를 견제하며 공격하고 있었다.

아우솔레토는 그렇게 심하게 당하고 추락까지 한 뒤라서 움직임이 정상적이지 않았다.

사제들도 활동을 하는 자들이 100명에도 미치지 못할 정도로 크게 약화되었지만, 세뇌의 능력이 있는 붉은 채찍들이 드래곤을 그물처럼 감싸고 동여매고 있었다.

건물과 대지를 자세히 살펴보니 위에서 내려다볼 때보다 더욱 엉망진창이다.

브레스의 영향으로 인해서 중독되어 죽어 가는 광신도들이 속출하고 있었으며, 연기에만 닿아도 그대로 몸을 녹여 버리는 독 웅덩이들이 도처에 널려 있었다.

충격에 의해서 간당간당하던 건물들도 지반과 골조가 부식되어서 차례대로 허물어졌다.

드래곤의 브레스 공격이 초래한 어마어마한 위력!

위드는 조금 전까지 친구라고 부르면서 함께 싸웠던 드래곤을 구하고 싶은 마음은 그다지 들지 않았다.

"저놈은 여기서 다시 당해 줘야지."

세뇌된 드래곤의 유통기한이 워낙에 짧았으니 이쯤에서 손을 놔야 했다.

달면 삼키고 쓰면 뱉고, 강자에게 약하고 약자에게 강한 것이야말로 바람직한 인생철학!

"적의 습격이다!"

"방해자가 나타났다. 막아라!"

그런데 갑자기 큰 소란이 일어났다.

백발의 창창한 노인이 전장으로 뛰어들어서 엠비뉴의 사

제들을 휘황찬란한 빛의 검으로 베는 것이다.

검이 휘둘리면 독수리와 같은 새들이 나타나서 폭발하며 기사들을 한꺼번에 날려 버렸다.

위드에게는 너무나도 익숙한 모습이었다.

"가증스러운 엠비뉴 교단! 이베인을 살해한 원수를 갚겠노라!"

검술 마스터 자하브의 갑작스러운 등장!

그는 혼란에 빠진 대신전으로 들어와서 적당한 장소에 잠복하여 지나가는 사제들을 암살자처럼 해치우면서 활약을 하고 있었다.

드래곤이 날뛰는 장소에서는 자하브라고 하더라도 아무래도 움츠러들기 마련이었던 것이다.

하지만 이제 제법 잠잠해지고 다들 관심이 드래곤으로 향해 있으니 전장으로 느닷없이 뛰어들어 왔다.

"불신자가 또 있다."

"대업을 방해받지 않기 위해서 어서 처리해야 한다."

"신탁이 내려온 그 역적도 꼭 찾아라!"

극악의 기사들이 자하브를 붙잡으려고 덤벼들었지만 그는 미끄러지듯이 움직여 적들의 공격을 흘려 버리며 사제들을 베었다.

검술 마스터, 위드를 따라서 전쟁의 시대에서 강해진 그의 빛의 검이 지나칠 때마다 기사들과 고위 사제들은 허무하게 생명을 잃었다.

"아, 안 돼! 엠비뉴의 뜻을……."

"세뇌를 끝내지 못하였는데……."

드래곤을 향한 신성 마법을 발현 중이라서 고위 사제들은 무방비 상태였다.

극악의 기사단과 괴물들이 다수 있었지만 그들은 빠르게 움직이는 자하브를 잡지 못했다.

엠비뉴 교단의 사제 집단은 드래곤의 브레스에 의해서 절반 이상이 무력화되고, 또 350명이 넘는 숫자가 목숨을 잃었다. 위드의 화살에 죽은 이들도 상당히 많다.

엠비뉴 교단 전체에서 차지하는 규모는 작았지만 사제 집단이야말로 핵심적인 역량을 차지하고 있었는데 그들이 한꺼번에 떼죽음을 당했다.

"우오오오오, 악당들을 물리치자!"

"인간성을 상실한 자들을 모두 죽여!"

"랄프의 복수를 하겠다."

큰 건물에서 옷차림이 허름한 죄수들이 무기를 들고 우르르 몰려나왔다.

그들의 뒤에서는 온몸에 양념을 바른 전이가 당당하게 걸어왔는데, 죄수들을 구출하고 설득해서 함께 나오는 데 성공한 것이었다.

전이는 제물로 바쳐지기 위해 온몸이 갖은 양념에 절여졌다.

"크으윽, 나의 복수는 대제님께서 꼭 해 주실 것이다. 명예롭게 죽지 못하고 광신도들의 음식이나 된다니 원통하다. 네 놈들은 나를 먹으면 반드시 배탈이 나서 후회할 것이다."

간수들은 그를 비웃었다.

"양념 냄새가 정말 좋군. 바로 구워서 먹고 싶어. 입안에서 살살 녹겠지."

"그랬다가는 우리까지 같이 구워질걸. 곧 죽을 놈이니 말 상대나 해 주자고."

"그래. 어이, 음식 재료, 여기에는 무슨 일로 왔지?"

"너희를 물리치기 위해서 대제님과 함께 왔다. 그리고 나는 질기고 맛도 없다."

"그거야 먹어 보면 알겠지."

이때, 한 무리가 등장하여 전이를 구해 주었다.

"여기에 계셨군요."

"헤스티거!"

헤스티거가 미리 구출한 엘프들과 함께 죄수들이 있는 감옥을 장악한 것이다.

원래 그들은 대신전의 마물 훈련소와 같은 중요한 건물들을 점령하려고 하였지만, 드래곤이 활동을 하면서 목표들이 와르르 무너졌다.

지상에는 엠비뉴의 병력으로 가득 차 있었으며, 잔해들로 인해서 이동할 수 있는 길목까지도 막혀 버리고 말았다.

대신 땅으로 향하는 통로가 보여서 지하 감옥으로 내려왔다.

헤스티거의 도움으로 굵은 쇠사슬에서 풀려난 전이가 투덜거렸다.

"으흠, 이곳은 나 혼자서 알아서 정리할 수 있었는데 괜한 발걸음을 했군."

"죄송합니다. 대제님은 만나셨습니까?"

"당연하지. 충직한 부하인 나는 이미 대제님을 만나고 그분의 계획을 들었지. 대신전 안에서 만나자고 하셨다."

"저보다 일찍 오셨겠군요."

"그럼. 지금은 대제님이 부르시기만 기다리는 중이었네."

조각 생명체들도 위드의 행동을 따라서 헤스티거를 약간 불편하게 생각했다.

어떤 위험한 임무든 훌륭하게 수행하는 미남자는 어디서든 시기를 당하기 마련!

헤스티거는 그럼에도 정중함을 잃지 않고 남자들마저도 빠져들게 하는 보석 같은 미소를 지었다.

굵은 눈썹과 가지런한 흰 이빨, 크고 맑은 눈빛.

몸 전체는 아름다운 조각상처럼 균형과 비례에 있어서 완벽하다.

헤스티거와 조각 생명체들은 근육과 육체미에서는 큰 차이가 없다. 하지만 근육질의 몸이 가진 매력도 결국 얼굴에서 완성되는 법!

헤스티거의 찢어진 상의 사이로 약간씩 보이는 가슴근육과 팔근육은 매력 그 자체로 엘프들의 시선을 끌었다.

반면에 중요 부위만 최소한으로 가린 채 기름장까지 발린 전이에게는 아무런 관심도 두지 않았다.

코를 움켜쥐고 근처에도 다가오지도 않는 모습이, 음식물 쓰레기와 비슷하게 여기고 있는 듯한 느낌이었다.

"과연 전이 님께서는 저보다 일찍 와 계셨을 줄 알고 있었습니다."

"무, 물론이지."

"땅이 거세게 흔들리는군요. 지금의 이 활약은 대제님께서 움직이시는 것 같습니다."

"우리도 어서 준비하고 나가도록 하세."

"예! 저는 엘프들과 함께 다른 곳을 조금 더 둘러보겠습니다."

그리하여 전이는 풀려나고 죄수들과 함께 엠비뉴 교단을 공격할 수 있게 되었다.

"모두 해치워라!"

"야호른의 전사들이여, 이들을 해치우고 고향으로 돌아가자!"

"우와아아아아아!"

긴 시간 갇혀 있던 노예들과 죄수들은 무기를 들고 엠비뉴 교단의 병력과 맞붙었다.

위드가 멸망시킨 여러 왕국들은 명예와 도덕을 아는 정의로운 기사들을 몰래 엠비뉴 교단에 바쳐 왔다.

왕족과 귀족들은 그 대가로 마법 물품과 사제들의 파견 등을 얻을 수 있었고, 또한 누구의 방해도 받지 않고 폭정을 지속할 수 있었다.

엠비뉴의 포로 사냥꾼들이 데려온 드워프, 엘프, 거인족의 후예, 전설에만 존재하는 전사 부족, 요정 부족까지도 탈출해 나왔다.

엠비뉴 교단에서는 그들을 마력을 증가시키기 위한 실험 대상이나 제물로 닥치는 대로 잡아 왔던 것이다.

위드는 포로들이 활약하는 모습을 잠시 관찰하다가 고개를 저었다.

"오래는 못 싸울 것 같군."

기나긴 감금 생활로 인해 부상도 적지 않았고 체력도 많이 떨어졌다.

나름대로 한가락씩은 하는 포로들이었지만 엠비뉴의 지상 병력을 조금 분산시키는 효과밖에는 없으리라.

헤울러와 사제들의 희생은 막대했고, 대부분이 무력화되었다. 신성력이 멀쩡한 사제들도 부득이하게 드래곤에 전념하고 있는 지금이 아니었더라면 단숨에 전멸했을지도 모를 정도였다.

드래곤을 길들이지 못하면 전멸할 수밖에 없는 엠비뉴 교단 측에서는 포로들의 탈출로 방해를 받으니 더욱 다급해진 명령을 내렸다.

"포로들의 존재 가치는 이제 사라졌다. 엠비뉴의 세 번째 팔과 다섯 번째 팔이여, 저들의 피로 이 땅을 적시고 육체는 제물로 바쳐라!"

참악의 사제 고위 간부 중 하나의 명령이 떨어졌다.

할 일을 찾지 못하고 잠잠하던 괴물들이 일제히 출동하고, 엠비뉴 교단의 궁수 부대가 화살을 포로들이 있는 방향으로 돌렸다.

엠비뉴의 8개의 팔은 거느리고 있는 군대의 병과 특성을 나타내기도 한다.

포로들은 엠비뉴의 기사들과 싸우고 있었지만 궁수들은 자기편에게 화살을 쏘는 것에도 주저함이 없었다.

포로와 기사, 누구 할 것 없이 엠비뉴의 궁수들에 의해서 고슴도치 신세가 되었다.

갑옷과 방패도 없고 생명력도 낮은 포로들은 화살을 얻어맞으면 금방 목숨을 잃었다.

인간들이 나타나자 뿔뿔이 흩어져 있던 괴조들도 그들을 잡아먹기 위해 땅으로 다가왔다.

그때 헤스티거의 고함 소리가 들렸다.

"지금입니다. 어서 저들을 도와줍시다!"

아직 남아 있는 대신전의 높은 건물들에서 궁수들과 사제들을 향하여 일제히 화살이 날아왔다.

유난히 번쩍이는 은빛 화살들은 빠르고 정확했으며, 화살촉에는 정령들까지 매달려 있었다.

불의 정령들은 큰 폭발을 일으키고, 물의 정령들은 부근을 물바다로 만들었다.

몬스터들이 급류에 휩쓸려 가며 제멋대로 엉키게 되면서 풀려난 포로들의 주변에 약간 여유가 생겼다.

갑작스러운 이 광경만큼은 위드에게도 감명 깊게 다가왔다.

"역시 엘프들을 붙잡아서 부하로 부려 먹었어야 하는데."

사막 전사들은 칼 쓰는 데는 능숙하고 상대가 누구여도 물러서지 않을 만큼 용감하다. 하지만 엘프만큼이나 민첩하거나 특수한 전투에 최적화되어 있진 않았다.

얄밉지만 헤스티거가 엘프들을 지휘하면서 엠비뉴 교단의

궁수대와 사제단에 큰 피해를 입히고 있는 장면은 사뭇 통쾌하기까지 했다.

현재까지 위드가 대부분을 이끌어 왔지만, 그다음의 전투 공적은 단연 헤스티거의 차지였다.

"그러면 아직까지 모습을 드러내지 않은 건 전일과 전삼뿐인가."

위드가 퀘스트를 함께하기로 하고 데려온 5명의 동료 중에서 자하브, 전이, 헤스티거는 모습을 드러냈다.

그들이 무사히 여기까지 와서 활약을 하는 걸 보니 대견하기 짝이 없었다.

그리고 곧 조각 생명체 부하 중의 첫째인 전일도 나타났다.

사방에서 난전이 벌어지는데 혼자 이상한 행동을 하고 있어서 눈에 띄게 된 전일!

그는 비틀거리면서도 버티고 서서 무너지려는 잔해들을 등으로 떠받치고 있었다.

전일은 강력한 독에 중독되어서 목숨이 오락가락하는 상황에 처했다. 생명을 구해 줄 수 있는 신성력을 따라서 온 그는 아헬른을 찾아서 구출하고 있는 것이다.

위드는 잔해 더미 사이에서 아헬른이 발현하는 신성력의 맑은 빛까지도 볼 수 있었다. 그리고 인색한 칭찬!

"이 무능한 놈들! 이걸로 전삼이를 빼고 다 왔군."

동료들만 온 것도 아니었다.

장벽 너머 메마른 울부짖는 폐허에서 우글거리던 몬스터들까지도 대신전으로 걸어왔다.

엠비뉴 교단의 마력에 의하여 왜곡된 불행한 생명들이었지만, 그들은 거침없이 덤벼들었다.

"저리 가라. 안 돼!"

광신도와 사제에게 덤벼들어 마구 뜯어 먹는다.

엠비뉴의 마력을 더 얻으면 몸에서 일어나는 고통이 그치고 더욱 강해질 수 있기 때문이다.

대신전을 향하여 사방에서 몬스터들이 끝도 없이 계속 몰려오고 있었다.

"교단을 다시 일으키기 위해서라도 성지를 수호해야 한다."

"몬스터들이 성문을 넘어오지 못하도록 막아야 해!"

"허물어진 성벽을 지나서 계속 몰려들고 있다. 그 너머로는 끝이 보이지 않을 정도야!"

-크오오오오오!

그를 구속하던 사제들의 제어력이 약해지니 드래곤은 다시 몸을 일으키려고 했다.

붙잡혔던 아우솔레토에게 다시 자유가 주어지려고 하는 건 엠비뉴 교단 사제단의 피해가 워낙에 계속해서 막심하다는 증거.

단 하루 만에 대륙에서 최대 · 최고 층의 건물이 옆으로 폭삭 주저앉고, 드래곤이 날뛰어서 브레스까지 뿌려졌으니 이만저만의 손실이 아니었으리라.

"으음, 좋은 광경이야. 엠비뉴 교단이 아주 폭삭 망하고 있군."

하루 전까지만 해도 남부럽지 않던 엠비뉴 교단이 지금은 처참한 상황에 처했다.

-너희는 누구냐! 왜 나를 공격하는 것이지? 아프다, 아파! 이 고통은……. 쿠아아아아아아! 견딜 수가 없다.

자하브와 엘프들의 화살 공격에 의해 사제단은 허겁지겁 물러날 수밖에 없었다.

조금 전이었으면 물샐틈없는 보호막을 펼쳤을 테지만, 지금은 서 있는 사제들 중에서 멀쩡한 이들을 찾기가 어려웠다.

세뇌의 구속이 약해지다 보니 드래곤 아우솔레토가 거칠게 포효하면서 가까이 있는 적들을 잡아먹었다.

생명력이 거듭 손실되어 커다란 육체는 느려지고, 빠르고 정확하게 움직이지도 못해서 계속 휘청거렸다.

태어난 이후로 최악의 날을 경험하고 있다고는 해도 드래곤은 지상 최강의 생명체!

위드에 의해 비늘이 파괴되고 하늘에서 아무 보호 마법도 없이 떨어지면서 막대한 피해를 입었지만, 잠시만 내버려 두면 천천히 원래대로 회복이 되리라.

엘프들도 어느 쪽을 우선 공격해야 할지 다소 혼란을 겪고 있는 모습이었다.

엠비뉴 교단에 깊은 원한을 갖고 있기는 하지만, 드래곤이 회복되면 전부가 죽게 되고 만다.

헤스티거조차도 이대로 사제들을 공격하는 편이 옳을지 드래곤을 견제하는 쪽이 나을지를 결정짓지 못하고 우물쭈물했다.

"드래곤부터 처리하는 게 우선이겠지."

위드는 창문을 박차고 높이 뛰어올랐다.

현재의 레벨로는 100미터에 달하는 도약도 평범하게 해낼 수 있었다.

하지만 바로 드래곤의 뒤통수를 때리는 대신에, 우선 전일이 있는 주변으로 내려앉았다.

극악의 기사들이 전일을 향해 검을 휘두르고 있었다.

"자기 목숨도 챙기지 못하는 주제에 남을 살리려고 하다니 가소롭군. 엠비뉴를 위해 죽을 시간이다. 커억!"

"아직 교훈이 부족하군. 악당은 그렇게 말이 많으면 당하는 거야."

드래곤의 뒤통수를 때린 진정한 악당답게 극악의 기사들을 단숨에 정리!

독 기운에 의해 얼굴이 시퍼렇게 변한 전일이 반갑게 맞이했다.

"대제님, 저를 구해 주러 오셨군요."

"어, 그래."

위드는 건성으로 대답을 하고는 잔해들을 치웠다. 그리고 잔해에 뒤덮여서 위험에 빠져 있던 아헬른과 노예들을 구출할 수 있었다.

"우우욱, 깔려서 죽을 뻔했군. 황제여, 나를 구하러 와 주어서 정말 고맙소이다."

"성자 아헬른 님께서 여기에 계시는 줄은 몰랐습니다. 여기에는 왜 갇히게 된 것입니까?"

"포로들 사이에서 지켜보면서 저들의 행사를 방해할 기회를 노리고 있었다오. 그런데 갑자기 저들의 탑이 무너지는 것이었소."

"……."

아헬른이 초주검이 되었던 것은 따지고 보면 다 위드 탓이었다.

"흠흠, 이렇게 위기에 처해 있다는 걸 알았다면 진작 구해 드렸을 텐데요."

"폐를 끼치게 되었구려. 기적을 부르는 신성력의 힘을 모아서 벗어나려고 하였는데 자꾸 땅이 흔들리고 건물이 무너져서 그 무게가 나를 누르는 바람에……."

그러고 보니 드래곤과 함께 쿵쾅거리면서 싸울 때 이 부근을 몇 번 강하게 밟고 지나쳤던 것 같기도 했다.

괜히 적들의 이동을 방해한다면서 건물을 밟아 버리거나 완전히 부수지 않은 게 다행이었다.

"지금은 경황이 없습니다. 지나간 일은 넘기시고, 어서 몸부터 추스르시지요."

"알겠소이다. 신께서 아직 이 몸에게 할 일이 남아 있다고 하신다니 움직여야 하겠지요. 찬란한 회복!"

아헬른의 몸에서 광채가 일어나더니 순식간에 멀쩡하게 회복되었다.

자기 스스로를 완전한 상태로 치유할 수 있는 신성 마법 계열 궁극 스킬 중의 하나!

"저, 저도……."

중독 상태가 심각하던 전일은 자신도 치료해 달라고 말하려고 하였다. 여기까지 아픈 몸을 이끌고 온 이유도 아헬른에게 치료를 받기 위함이 아니던가.

위드가 슬쩍 몸으로 전일의 앞을 가리며 말했다.

"전쟁이 급하게 돌아가고 있습니다. 저에게 강한 축복을 내려 주시지요."

"뒤에 있는 저분이 많이 아파 보이는데 먼저 치료를 하고 돌봐 주어야 하지 않겠소? 그대를 위한 신의 축복을 실현시키기에는 다소의 시간이 필요하다오."

"당장 죽진 않습니다. 저렇게 내버려 둬도 침 좀 바르면 나을 겁니다."

"진심으로 아파 보이는데……."

"엄살입니다. 저도 여러 번 속아 봤지요. 그리고 워낙에 끈질긴 게 사람 목숨이라서요."

찬물 더운물 가리지 않고 항상 위아래가 있는 법이다.

사실 위드도 현대사회인으로서, 격식이나 지위 고하를 그다지 따지며 살아온 편은 아니었다. 그러나 사막의 대제가 되고 나서부터 위계질서를 철저하게 세우게 되었다.

콩 한 쪽이 있다면 나누어 먹는 게 아니라 당연히 권력을 가진 자신의 것!

"그런 생각이라면 황제의 말마따나 급한 전투부터 마무리를 짓는 편이 옳겠소이다. 이 난국을 헤쳐 나갈 수 있는 것은 인간 중의 황제인 그대뿐이라고 할 것이니."

아헬른은 두 손을 모아서 신성 주문을 외우기 시작하였다.

고대에 신이 직접 인간에게 알려 주었다는 신성 주문!

"인간에게 허락된 힘, 지혜, 투지. 깊고 어두운 곳에서 나타나는 악한 이들을 굴복시키고, 옳음을 행할 수 있는 무한한 잠재력을 일깨우게 될지어다."

아헬른의 몸에서 후광이 비치듯 빛무리가 생겨나기 시작하였다.

보통 축복이 짧은 주문 이후로 번쩍하고 빛이 일어나고 끝나는 것에 비하면 사전 작업부터가 비할 수 없이 길었다.

"그대의 손은 신이 하사한 검을 휘두를 것이고, 몸의 고통은 신의 두꺼운 갑옷이 막아 주게 되리라. 그 외의 모든 어려움들도 신의 이름으로 파훼하게 될지니… 신성 강림!"

띠링!

-신성 강림은 당신이 가지고 있는 신앙심에 따라서 그 효과가 다르게 적용됩니다.
신체가 완벽하게 회복됩니다.
정신과 육체의 잠재력이 개방됩니다.
생명력과 체력, 마나의 최대치가 3.5배로 늘어납니다.
자연 회복 속도가 트롤처럼 빨라집니다.
추위와 더위, 모든 이상 현상에 대한 내성이 96%에 육박하게 될 것입니다.
중독에 대해 완전한 면역력을 가집니다.
공격을 감지하면 마법 저항력이 저절로 발동됩니다.
1단계 이상 약한 언데드의 경우 상대의 생명력에 무관하게 강제 소멸시킬 수 있습니다.
모든 스탯이 최소 250에서 469까지 늘어납니다.
공격과 방어에 신성 효과가 부여됩니다.
신의 무기를 사용 가능해집니다.
신의 갑옷을 사용 가능해집니다.

"이건 또 무슨……."

전투에 유리한 축복 정도를 예상했을 뿐 위드도 이 정도로나 강력한 신성 주문을 기대하진 않았다.

"역시 성자는 전문직이었어. 끝내주는군."

허름한 화장실에서 일을 보다가 처음으로 비데를 쓴 것 같은 벅차오르는 감동도 잠깐이었다.

금세 불평이 나왔다.

"이런 게 있었으면 진작 좀 걸어 줄 것이지."

물에 빠진 사람 구해 주면 예금통장 내놓으라고 하는

세상!

이런 축복이 있었다면 지금까지 죽을 고생도 좀 덜했을 게 아닌가.

지금까지 위드는 말살의 불도마뱀 왕의 가죽으로 만든 정복자를 위한 존엄한 가죽 갑옷과 말살의 검을 착용하고 있었다.

하지만 위드의 앞에 투명하기까지 한 맑은 검과 방패, 갑옷이 신체 부위별로 놓였다.

흉갑에서부터 어깨 보호대, 허리띠 등은 물론이고 부츠까지 완벽한 풀 세트!

등 부위와 부츠에는 특히 천사들이나 착용하는 새하얀 날개까지 달려 있었다.

"이런 건 괜히 시간을 끌면서 머뭇거리면 안 돼. 좋은 악당이 되기 위해서라도 바로 입어 줘야지."

위드는 검을 들고 갑옷을 착용했다. 거의 무게가 느껴지지 않을 정도로 가벼웠고, 따스한 느낌이었다.

"감정!"

군신 토르의 검 : 내구력 210/210. 공격력 232~766.
인간이 상대할 수 없는 적을 없애기 위하여 신이 하사한 검.
신의 뜻과 섭리를 따르는 성자만이 소환하거나, 축복을 통해 검을 사용할 수 있는 자격을 부여할 수 있다.

한차례 출현하게 되면 최소 100년간은 세상에서 모습을 감춤.
제한 : 인간 중에 가장 강한 자.
옵션 : 악에 물든 자, 악마를 공격할 때에는 공격력이 4배로 발휘됨.
천적이나 유일한 약점에 관계없이 모든 적들을 생명력을 감소시켜서 죽일 수 있음.
그 외에 아홉 가지의 특성은 확인 불가능.
정보 부족으로 알 수 없음.

"으으음!"

위드의 입에서, 백화점에서 판매하는 명품 가방의 가격을 알았을 때와 같은 신음 소리가 났다.

무지막지하다 못해서 대출 사기 같은 공격력!

갑옷들은 부위별로 다 확인해 볼 엄두도 나지 않았다.

이런 난전에서 갑옷 부위별로 어떤 특성이 부여되어 있는지 다 알고 외워서 써먹기는 힘든 면이 있다.

하나하나 직접 장만한 것이라면 계산해서 몬스터의 특성이나 공격 패턴에 맞춰서 전투법까지 바꿀 수 있으리라. 하지만 지금은 몸으로 때우면서 알아 가는 편이 현명한 방식.

아헬른이 말했다.

"신께서 계속 그대를 지켜보실 것이오. 황제여, 무운을 빌겠소이다."

"물론입니다. 적들을 이 검으로 제압할 것입니다. 근데 앞으로도 이 검을 좀 가지면 안 되겠습니까? 딱히 다른 의도는 없고, 기념품으로 간직하고 싶은데……."

"신의 물건이 이 세상에 돌아다니면 안 될 일. 전투가 끝나면 회수될 것이오. 아쉽겠지만, 눈앞의 전투에 집중해 주면 좋겠구려."

위드는 세뱃돈을 빼앗긴 어린아이 같은 기분이었다.

"아, 뭐, 그러면 그렇게 하죠."

"그리고 아우솔레토를 조심하여야 하오. 엠비뉴 교단의 대사제 헤울러와 드래곤은 신들이 형성해 놓은 이 세계의 균형을 파괴할 수 있으니까. 만약 드래곤이 제정신을 차려서 모두가 위험해지게 되면 내 영혼과 육체를 바쳐서 봉인을 하겠소이다."

"정말이십니까?"

"그런 일이 벌어져서는 안 되겠지만, 만의 하나 그리되면 그렇게 해야지요."

"과연 훌륭하십니다."

위드는 중요한 정보를 얻어 냈다.

아헬른만 살아 있다면 설혹 드래곤이 폭주를 하더라도 방지할 수 있는 안전장치가 있다는 것이었다.

그렇게 목적을 달성한 이후에야 아헬른이 전일을 치료할 수 있도록 자리를 비켜 주었다.

"가야겠군. 이제 나의 목표는……."

그 어떤 장소에서도 적들의 행동들을 파헤치는 넓은 시야.

엠비뉴의 병력은 도처에서 포로들, 노예들과 격렬한 전투를 벌였다.

대신전은 넓은 규모와 큰 건축물들을 유지 · 보수하기 위해서도 대량의 노예들을 필요로 했다. 마물들의 먹이로 삼기 위해서도 종족을 가리지 않고 강한 전사들을 많이 붙잡아 왔는데, 분노한 그들이 풀려나서 전투를 펼치고 있었다.

전이와 헤스티거가 절반 정도씩 나누어서 전체를 지휘하고 있는데, 그들의 통솔력은 부대를 면밀하게 다스릴 수 있을 정도로 충분했다.

위드가 없더라도 몬스터를 견제하고 엠비뉴 교단의 병력과 잠시 동안 싸울 수는 있다.

이곳에는 시작과 끝을 알 수 없을 정도로 광신도들과 괴물들이 우글거리지만 그들 전체를 이길 필요는 없지 않은가.

하늘로 오르는 탑이 무너지면서 엄청난 잔해들이 대신전에 쏟아지게 되었다. 다른 건물들까지 붕괴되거나 옆으로 쓰러지면서 장애물 역할을 했다.

수비에 유리한 지형을 장악하고 진입로를 줄인다면 괴물들과 기사들은 함부로 쳐들어오지 못하리라.

위드의 눈이 드래곤과 엠비뉴 교단을 번갈아서 보았다.

드래곤을 선택한다면 앞으로 몇 년간 있을까 말까 한 사냥 기회를 잡을 수 있다.

엠비뉴 교단을 공격한다면 전력이 크게 약화되어 있는 헤울러를 처치하기에 정말 유리한 상황이다.

엠비뉴 교단의 기사들 정도는 원래도 위드에게 거의 있으나 마나 할 정도였는데, 지금은 축복까지 부여되어서 더더욱 눈에도 들어오지 않았다.

퀘스트의 성공 유무가 결정지어질 수도 있는 선택의 순간.

"최악의 경우에도 내가 죽지만 않는다면 아헬른이 알아서 해결해 줄 거야."

위드는 가볍게 땅을 굴러 드래곤 아우솔레토를 향하여 날아갔다.

와이번이 장애물이 없는 높은 하늘에서 최대 속도로 비행하는 것과 비슷한 속도였다.

평소에 조각 변신술을 써서 날갯짓을 하는 새로 변신을 해 보지 않았다면 비행에 적응하는 데만도 시간을 상당히 많이 잡아먹었으리라.

-전부, 전부 다 먹어 버릴 것이다.

드래곤 아우솔레토는 엠비뉴 교단을 혐오하면서 가까이 있는 인간들을 밟고 몸으로 뭉갰다.

몸 전체에 생긴 부상들은 아주 약간씩은 회복이 되고 있었지만 아까와 크게 다를 바 없었다.

엠비뉴의 사제들은 정말 막대한 피해를 입었음에도 불구하고 포기하지 않고 붉은 채찍을 휘두르며 드래곤을 세뇌시키기 위해 노력하고 있었던 것이다.

그렇지만 헤울러와 참악의 사제들조차도 아직 활동을 못 하고 있었기 때문에 세뇌는 원활하고 빠르게 이루어지지 못했다.

신앙심으로 만든 붉은 채찍이 드래곤의 격렬한 움직임에 의해 자꾸 끊어지는 것만 봐도 알 수 있었다.

엠비뉴의 기사들도 드래곤에 의해서 다수가 밟혀서 죽어 나갔다.

"지금이로군."

위드는 엠비뉴 교단에서 드래곤의 시선을 끄는 사이에 뒤쪽으로 슬그머니 접근했다.

-너, 너는 반드시 죽어야 한다!

드래곤 아우솔레토가 갑자기 몸을 돌리면서 위드를 향하여 분노의 외침을 터트렸다.

대신전에서 가장 나쁜 놈이 누구인지를 정확히 알아차린 상황!

"저자다! 저자가 오늘 모든 일을 그르치게 만든 원흉이다!"

"엠비뉴 신께서 내려 주신 신탁은 역시 옳았다. 신께서 마련해 준 신수는 조금 후에 길들여도 되리라. 모든 일에 앞서 저자를 해치워라!"

엠비뉴 교단 역시 위드에 대한 적대도는 최고 상태였다.

그들의 입장에서는 정말 다 된 밥에 재를 뿌린 격이 아닌가.

엠비뉴의 궁수들, 기사들이 위드를 향해서 일제히 무기를 돌렸다.

드래곤도 두 발로 땅을 울리면서 달려왔다.

"이놈의 인기란!"

위드는 드래곤의 가슴을 향해 수십 미터를 뛰어오르다가 앞발이 날아오자 비행 방향을 바꾸어서 지상으로 뚝 떨어졌다.

하지만 아우솔레토는 그러한 부분까지도 예상을 했다는 듯이 아래에서도 발을 차올린다.

그때에 위드의 부츠에 있는 날개가 맹렬하게 파닥거리면서 가속도가 더욱 빨라졌다.

아슬아슬하게 드래곤의 다리를 비켜 지나갈 수가 있었다.

드래곤이 크고 빨라도 공격이 단순하지 않았더라면 제대로 걷어차였으리라.

"긴 고통의 강화!"

"끈적거리는 숨결."

위드를 향하여 사제들의 저주 마법도 날아왔다.

광범위형 저주라서, 알아차리는 순간 피하더라도 약하게나마 걸릴 가능성이 컸다.

드래곤 아우솔레토는 우월한 종족의 특성에 의해 모든 저주 마법에 면역이었지만, 위드의 경우에는 저주가 쌓이면 금방 취약해진다.

그러나…….

-방어력을 약화시키고 피해를 늘리는 저주 마법을 축복의 권능으로 단숨에 이겨 냅니다.

-몸이 느려지고 체력 소모가 빨라지며 힘을 소모시키는 저주가, 축복의 권능과 토르의 부츠로 인해 무용지물이 됩니다.

신성 강림에 의해 저주를 걱정하지 않아도 된다는 점만 하더라도 날뛰기에는 최상의 환경이다.

엠비뉴 교단과의 전투에서는 지긋지긋할 정도로 제 실력을 발휘할 수가 없었는데 어깨의 무거운 짐을 덜어 낸 기분.

'궁수들이나 마법사들의 공격은 맞아 준다. 거기까지 신경 쓰면서 싸울 수는 없어.'

위드의 집중력은 온전히 드래곤에게로 향했다.

마법과 비행이 봉쇄된다면 아무리 강하더라도 단순한 대형 도마뱀 생명체!

블랙 드래곤 아우솔레토가 지척에서 그를 노려보고 있었다.

-밟아서 죽여 주마!

다시 앞발과 꼬리 공격을 연속으로 피하고 그 틈을 타서 드래곤의 옆구리에 달라붙었다.

"덩치가 크다고 다 좋은 건 아니지. 아무리 강하더라도 이렇게 빈틈도 많거든."

드래곤의 전투 모습을 가까이에서 많이 보고 경험했다.

모든 공격 순서를 어느 정도 예측하고 유도하고 나서 몸에 달라붙는 방식을 취한 것이다. 그러고는 드래곤의 몸을 타고 암벽등반을 하듯이 기어 올라갔다.

-인간, 인간! 너 같은 놈이 있기에 인간들은 멸족되어야 마땅하다.

"시끄러. 나도 굳이 인간의 편을 들진 않겠어. 대신에 파리, 모기, 나방, 벼룩부터 먼저 멸족시키고 와서 따지도록 해. 걔네들도 얼마나 성가신데."

드래곤은 미친 듯이 꼬리를 자신의 몸 쪽으로 휘두르고 건물을 들이받았다.

흙먼지를 일으키며 사방을 초토화시키는 드래곤의 위력!

위드는 등을 타고 올라갔다.

하늘로 오르는 탑이 무너지는 와중에도 살아남았는데 이런 정도의 소란 속에서 드래곤의 몸을 오르는 게 무슨 대수겠는가.

조각술 최후의 비기 퀘스트를 진행하면서 간은 김치냉장고에 넣어 두고 다니는 기분이었다.

드래곤의 비늘은 매끈매끈했고, 번쩍번쩍 빛이 나는 광택이 예술이었다.

엠비뉴 교단의 세뇌를 위한 붉은 채찍들은 뜯어내 버리거나 지지대로 붙잡고 올라갔다.

— 너는 엠비뉴의 충실한 종이다.

— 고통의 이유는 엠비뉴를 믿지 않기 때문이다.

— 회개하라. 회개하라. 회개하라. 회개하라. 안식을 누리게 해 줄 것이다. 회개하라.

— 대사제 헤울러 님은 너를 위한 모든 것을 갖춰 놓고 있다. 불쌍한 인생을 기꺼이 보살펴 주시리라.

붉은 채찍을 손에 잡으니 짜릿한 감각과 함께 속삭임들이 들렸다.

세뇌를 위한 감언이설!

"믿을 놈 하나 없는 세상에 엠비뉴를 따르라고? 어림도 없지. 이 세상에 존경받을 사람은 시장 아줌마밖에 없어. 생선을 3마리 사고 말을 잘하면 1마리씩 더 주니까. 그리고 가격도 많이 깎아 주시지!"

엠비뉴의 사제들이 쓰는 세뇌를 위한 붉은 채찍은 헛것이 보이는 강렬한 환각과 정신착란까지 동시에 일으킨다.

하지만 위드의 검과 갑옷, 방패가 모든 이상 현상들을 막아 주었다.

-아, 안 돼!

위드가 목에 다다르자 드래곤은 급기야 맨땅에 머리를 들이받으면서까지 몸부림을 쳤다.

심지어는 정신이 없는 와중에도 있는 마나 없는 마나 다 끌어 쓰는 것인지, 상극인 불과 물의 마법들이 제멋대로 형성되어 부딪치고 터졌다.

-거센 압력에서 오는 피해를 신의 갑옷이 87% 완화합니다.
생명력이 3,489 감소합니다.
일곱 방어 마법이 저절로 발동됩니다.

유연함의 비술 : 민첩을 87% 늘려서 적의 공격을 회피합니다. 정확하지 않은 공격들은 대부분 빗나가게 될 것입니다.
마법 공격 간파 : 위험한 마법이 발동되고 있다면 미리 알아차릴 수 있습니다.
강제적인 힘 : 세상에는 거인들과 같이 무식한 힘을 가진 종족들이 있습니다. 그 어떤 큰 힘이라고 할지라도 맞설 수 있습니다.
정상화 : 신을 따르는 자는 기괴한 주술에도 흔들리지 않습니다. 부정적인 상태 이상의 지속을 95% 이상 빨리 원래 상태로 되돌립니다.
은은한 회복 : 상대방을 공격하거나 공격을 당할 때마다 4%의 생명력을 흡수하여 몸을 치유합니다.
위급한 탈출 : 체력을 이용하여 마법이나 물리적인 구속으로부터 벗어날 수 있습니다.
깃든 위엄 : 그 무엇도 하지 않아도 됩니다. 그 자리에 가만히 있는 것만으로도 1초마다 방어력이 2% 증가합니다. 갑옷과 맷집이 합쳐진 최종적인 방어력이 최대 300%까지 늘어나게 됩니다.

다른 종족에 비해 부족함이 많은 인간을 위한 신의 갑옷으로, 방어력만큼은 기가 막힐 정도였다.

원래의 위드의 몸이라면 이러한 갑옷을 입었다고 해도 기초 생명력이 적어서 드래곤의 공격에 스치는 것만으로도 너무 쉽게 위험에 처했을 것이다.

하지만 지금은 사막을 일통하고 중앙 대륙을 정복한 대제왕!

든든한 맷집과 위기에서도 버틸 수 있는 생명력을 가졌다.

위드는 곧 드래곤의 몸에서 정상 근처, 즉 목표로 했던 뒤통수까지 오를 수 있었다.

검은색 광택이 흐르는 뒤통수에서 유독 한 부분만이 비어 있었다. 아직도 치료가 되지 않은 드래곤의 결정적인 약점이었다.

드래곤의 현재 남아 있는 생명력은 17%.

절대적인 양으로 보자면 여전히 많지만, 실제로는 그다지 넉넉하지는 않은 생명력이다.

더구나 현재의 위드는 인간 중에서도 가장 강력하며 앞으로도 한동안 나오기가 어려운 무력을 갖춘 존재.

드래곤은 위기를 느껴서인지 계속 머리를 흔들며 발광했다.

"확실히 상쾌한 기분이군."

위드가 산의 정상에 선 것처럼 드래곤의 뿔을 잡고 지상을 둘러보니 전투가 한창 치열하게 벌어지고 있었다.

갇혀 있던 포로들과 엠비뉴 교단의 싸움으로, 대신전 전역에서 불길이 타오르고 연기가 피어오른다.

사실 적을 맞아 싸우면서도 모든 병력이 드래곤을 더욱 의식하고 있었다.

포로들은 드래곤의 머리에 올라간 위드를 보고는 까무러치듯이 놀랐고, 조각 생명체들도 마찬가지였다.

"전이!"

"전일 형님, 살아 계셨군요."

"대제님은……."

"저 위에 계십니다."

"으음, 드디어……."

"이번에야말로 대제님을 위해 만들어 놓은 묘비와 관을 쓸 수 있을 것 같은데요."

전율로 인해 소름이 돋아서 정말 제대로 미칠 것만 같은 상황이었다.

현재 위드가 서 있는 근처로는 화살과 마법도 빗발치듯이 날아들었다. 엠비뉴의 궁수, 전투 가능한 인원이 얼마 안 되는 사제, 모두가 위드를 공격하고 있는 것이다.

세뇌와 전투로 약화된 드래곤, 그리고 세상에 나타나기 힘든 신의 갑옷과 무기를 가진 인간을 보며 앞으로 벌어지게 될 일에 대한 두려운 상상이 일어나게 되었다.

드래곤이 죽을지도 모른다.

위드의 입장으로서는 전투 중에 일이 안 풀리더라도 아헬른이 뒷감당을 해 줄 터이니 얼마든지 건드려 볼 만하다.

엠비뉴의 광신도, 조각 생명체 부하, 끌려온 포로들!

여기에 있는 모두가 지켜보고 있지만 사실 그 인원이 전부는 아니다.

텔레비전을 통해서 지금의 전투와 모험을 최소한 수천만 명, 앞으로 수억 명이 보게 될 것이 아닌가.

'이것으로 충분할까?'

우연히 얻어걸린 기회.

물론 여기까지 오는 게 쉽기만 한 건 아니었다. 조각술 최후의 비기 퀘스트를 찾아내야 했고, 로드릭 미궁을 포함하여 죽을 만큼의 위기도 많이 넘겼다.

사막에서 성장하는 퀘스트는 위드의 적성에 딱 맞았다.

단순 노가다로 여길 수도 있지만, 전혀 외딴 곳에서 적응하면서 강해지는 최단의 길을 찾아내야 했다.

외지인이라고 경계하는 주민들을 대상으로 필요로 하는 모든 정보들을 입수하고, 매번의 전투마다 목숨을 걸고 부딪친다.

싸워서 강해지는 투쟁의 길.

그러면서도 한국인 특유의 빨리빨리를 외치면서 돌아다니다 보니 감히 범접할 수 없는 무력도 갖게 되었다.

일찍부터 간악한 저주와 까다로운 주술을 쓰는 엠비뉴 교단이 아니라면 대륙에서는 상대를 찾기 힘들어서 심심했을 정도다.

위드의 입가에 썩은 미소가 걸렸다.

단단히 사고를 칠 게 아니라면 할 수 없는 생각이 머릿속을 스쳐 지나갔기 때문이다.

"이놈이 쉽게 사라지더라도 문제야. 이렇게 해서, 여기 넘쳐 나는 나쁜 놈들을 언제 다 죽일 수가 있겠어?"

스스로 납득해 버리고 만 결론.

포로들의 도움이 있더라도 자하브, 조각 생명체 등으로 엠비뉴 교단의 병력을 다 죽이려면 그들이 저항하지 않더라도 며칠은 걸릴 것이다.

퀘스트를 위해서 남은 시간은 오늘뿐.

게다가 그 전투가 끝나고 나면 위드 외에 아군은 거의 살아남는 게 불가능하리라.

"아우솔레토!"

-그 썩은 혓바닥을 놀리며 나를 부르지 말라!

"이름은 알아듣는 모양이네. 혹시 너 자신에 대해서도 알고 있어?"

-그 어떤 거짓말에도 이젠 속지 않으리라. 당장 내려오지 않으면 갈기갈기 찢어서 죽이고 시체는 녹여 버릴 것이다.

"장례 문화까지 신경 써 주다니 참 사려 깊은 도마뱀이군."

-도마뱀? 내 별명인 것이냐?

"맞아. 덩치만 큰 도마뱀."

-불쾌하다!

"당연히 그럴 거야. 너의 정체는 사실 이 땅에서 가장 비싼 몸값을 가지고 있는 드래곤이니까!"

위드는 크게 소리쳐 아우솔레토의 정체를 말했다.

드래곤이라는 이름이 가진 무게는 어마어마했다. 순간 근처에서는 전투가 멎으면서 정적이 흐를 정도였다.

엠비뉴 교단의 사제들과 광신도들, 조각 생명체들, 포로들.

모두가 알고 있음에도 자신의 목숨을 넘어서는 무게로 인하여 감히 꺼낼 수가 없었던 그 단어.

"어떻게 저런 말을……."

"무모하구나, 무모해. 겁 없는 인간 때문에 이 세상이 끝장나게 생겼어."

"맥주나 배 터지도록 마시다가 죽었으면 좋았을 텐데 이게 무슨 꼴이란 말인가."

유난히 드래곤을 두려워하는 드워프들은 도끼를 들고 당당히 뛰쳐나왔다가 머리를 땅에 처박고 목숨만 살려 달라고 빌 정도였다.

드래곤이 스스로 자신에 대해 모르고 있는 상태이기 때문에 아군과 적군을 막론하고 조심하고 있었다.

어쨌든 서로 죽이지 않으면 안 될 관계이지만 드래곤이라는 말만큼은 꺼내지 않기로 암묵적인 합의가 되어 있던 상황!

그렇지만 위드가 아우솔레토에게 스스로가 드래곤이라고 알려 줘 버린 것이다.

-들어 본 적이 있다. 드래곤이라면 가장 존귀하고 위대한…

세상의 땅을 가로지르는 경계이며, 생명들의 시작과 끝을 결정하는 포식자.

아우솔레토는 잠시 생각에 잠기더니 두려움에 의해서 움츠러들어 있던 몸을 일으켰다. 그러자 더욱 크게 보이는 그의 본체!

-내가 드래곤이라고? 익숙한 말이다. 더없이 공포 어린 눈동자로 나를 우러러보던 눈빛들이 기억이 난다. 맞다, 나는 지겨운 이 세계를 파괴하려고 했던 드래곤, 아우솔레토다!

드래곤의 몸에서 맹렬한 마나의 움직임이 일어났다.

쿠그그그긍!

지진이라도 일어난 것처럼 땅이 흔들리면서 흙먼지가 둥글게 물러나며 날아오르기 시작했다.

저 멀리서, 지금까지의 충격으로 아슬아슬하게 기울어 있던 건물들이 와르르 무너졌다.

엠비뉴의 대신전은 이래저래 남아나는 건물이 없을 정도로 처참한 폐허로 변해 가고 있었다.

드래곤 아우솔레토의 눈빛도 서서히 달라졌다.

당혹스러운 곤란을 겪고 있는 것처럼 약간 흐리멍덩하던 눈빛은 날카로운 위엄을 갖춰 갔다.

그를 향해 날아오던 화살과 마법도 허무하게 멈춰 버렸다.

수천 발의 화살은 마치 공중에서 누가 붙잡기라도 한 것처럼 그냥 둥둥 떠 있었으며, 마법들은 천천히 분해되어서 원래의 자연으로 돌아갔다.

드래곤이 자아를 각인하면서부터 종족 특유의 방어 능력이 돌아오고 있는 것이리라.

자신이 드래곤임을 알았을 때와 몰랐을 때의 차이점은 육체가 아닌 정신적인 부분이었다.

곧 대규모 공격 마법 등에 대한 기억까지 떠올리게 되면, 이 부근은 흔적도 남지 않고 초토화가 될 것이다.

"이 정도는 되어야 심장이 쫄깃해지는 재미가 있지."

위드는 이제야 확실히 재밌어지는 느낌이 났다.

"자, 다시 시작해 볼까!"

군신 토르의 검으로 힘차게 드래곤의 뒤통수를 내려찍었다.

The Legendary Moonlight Sculptor

영겁의 대침식

"으아아아아!"

"아버지, 어떻게 해요. 저러다 진짜 드래곤이 죽을 것 같아요."

"말 걸지 마라. 집중력 흐트러진다."

텔레비전을 보고 있던 아버지와 아들은 흥분을 감추지 못했다.

이 순간 로열 로드의 위드의 모험을 시청하는 모든 이들은 눈을 의심할 지경이었다.

혼돈의 드래곤이란 별명으로 더 유명한 블랙 드래곤 아우솔레토이다.

찬사밖에 나오지 않을 정도로 우아하고 강대하면서도 두

려움을 느끼게 하는 그 드래곤이 몸부림을 치고 있었다.

위드를 두려워하고 있는 것이다.

"주완 씨, 이게 어떻게 된 것이죠?"

"말로 설명할 수가 없는 부분인 것 같습니다. 어떠한 묘수를 써서 드래곤을 재봉인하거나 다른 곳으로 보내 버리거나 할 거라고 예상한 사람은 많았지만 진짜 자신을 일깨워 주고 싸움을 하다니요."

"역시 전쟁의 신 위드만이 보여 줄 수 있는 부분인 것 같아요. 정말 중요한 순간에 안정을 선택하는 대신에 욕심으로 가득한 짜릿함을 불러오거든요!"

"현재 진행하는 퀘스트에서 위드의 무력이 매우 대단하다는 점을 감안하더라도 드래곤과 싸우는 것은……. 어휴, 저는 엄두도 나지 않습니다."

"바로 항복하는 편이 정말 현명한 선택이겠죠."

방송국의 진행자들은 신이 났다.

설명이나 칭찬을 덧붙이지 않더라도 상황이 저절로 극적으로 변해 간다.

오주완은 진심으로 감탄했다.

"조각술 최후의 비기라면 거의 인생에 단 한 번 있을까 말까 한 기회이지 않습니까? 취업이나 진학 못지않은 중요한 시기라고 할 수 있는데 이런 짓을 서슴없이 저지르다니, 역시 위드는 보통 사람이 아닙니다."

현재 진행하는 퀘스트의 성공은 그 명예 외에도 보상으로 조각술 최후의 비기를 획득할 수 있기에 더없이 중요하다. 소극적이고 안정적으로 퀘스트의 목표 달성만 노리더라도 비난할 사람은 정말 아무도 없었다.

하지만 이런 극적인 연출과 과감한 배짱이야말로 전쟁의 신 위드이기 때문에 벌일 수 있는 사건이라고 할 수 있을 터.

그가 때때로 기적을 만들어 내는 이유는, 그렇게 사고를 치기 때문이었다.

“위드의 동료로서 함께 모험을 해 본 적도 있는 신혜민 씨께서는 지금의 결정에 대해서 어떻게 생각하십니까. 무슨 생각으로 드래곤을 정말로 잡겠다는 결정을 내렸을까요.”

“제 생각에는…….”

신혜민은 로열 로드에서 제법 여러 번 봤던 위드의 말과 행동들, 여러 가지 모습들을 떠올려 봤다.

식당에서 값을 치를 때에는 귀신처럼 먼저 사라지고, 사냥 중에는 비싼 잡템 하나 안 떨어지나 분주하게 돌아가는 눈동자.

가끔 운이 좋아서 퀘스트용으로 비싸게 판매되는 아이템을 주울 때면 너무 좋아서 비정상적으로 쭈욱 찢어지는 입꼬리.

“별생각 없이 저지른 것 같아요.”

“감히 범접할 수 없는 드래곤과의 전투를 어떤 구체적인 계획이나 승산 없이, 아무 생각 없이 저질렀다는 말씀이신가요?"

"네."

"사람이 어떻게 그럴 수가 있죠?"

"위드 님은 원래 그래요."

"……."

방송국들의 시청률은 다시 기하급수적으로 오르고 있었다.

단순히 많은 시청자들이 보는 것에서 그치는 게 아니라, 위드의 모험은 엄청난 폭발력을 가지고 계속 화제가 되리라.

지금까지 이런 식으로 드래곤을 공격하면서 싸움을 벌인 유저는 없었기 때문이다.

-드래곤 아우솔레토의 뒷머리를 때렸습니다.
드래곤의 약점 부분을 강타하여 59,291의 피해를 입힙니다.
군신 토르의 검이 적의 생명력과 마나를 흡수하고 신성력으로 상처 부위를 날카롭게 파헤쳐서 93,282의 피해를 추가적으로 입힙니다.
지능을 2% 감소시킵니다.
마나의 운영과 회복 능력을 억제시킵니다.

위드는 아까 전에 때렸던 그 부위를 다시 일점 공격술로 정확하게 가격했다.

공부는 못하더라도 이런 쪽의 기억력만큼은 유별나게 뛰

어났다.

어릴 때 몇 학년 몇 반이었는지는 까맣게 잊어버렸지만, 그 당시 용돈을 묻어 놓았던 땅의 위치만큼은 나이가 든 지금도 정확히 기억하고 있는 것처럼!

-어리석은 인간들. 나에게 이런 수작을 벌이다니, 멸망을 앞당기고 말았구나.

아우솔레토는 주변에 분노로 가득한 공격을 가했다.

-중력 역전!

1킬로미터가 넘는 광범위한 마나의 충격이 사람들과 건물을 거꾸로 뒤집어 놓았다.

비록 살상력이 그렇게 높은 마법은 아니더라도 드래곤의 위력을 적나라하게 보여 주기에는 이런 훌륭한 마법도 없다.

아우솔레토가 대신전의 건물 사이를 성큼성큼 전진할 때마다 독 안개가 피어올라 가까이 있는 이들을 몽땅 녹였다. 직접 앞발로 가리키는 곳에는 유성처럼 붉게 타오르는 불덩어리가 떨어져서 폭발했다.

-암석 폭발, 검붉은 독 안개 소환, 들끓는 증기, 집단 마비.

예상했던 대로 아우솔레토 주변은 마법에 의해 삽시간에 초토화되며 최소한 수천 명 이상이 죽어 나갔다.

드래곤의 마법 능력은 방어보단 역시 공격을 크게 좌우했다.

"놈이 정신을 차렸다. 사제들은 더욱 신성력을 쏟아부

어라."

"믿음을 위한 희생이 요구되고 있다. 세상의 완전한 파괴는 엠비뉴께서만 할 수 있으며 우리의 손으로 이루어 내야 하리라. 저 요망한 드래곤을 처형하라!"

엠비뉴의 사제들은 드래곤을 붙잡으려고 신성력을 높이기 위한 자기희생의 주문을 외웠다. 영혼 소멸까지도 각오하면 일시적으로 12배에 달하는 신성력을 발휘할 수 있다.

공포를 알지만 신앙심에 복종하는 괴물들과 기사들도 계속 드래곤을 향하여 덤벼들었다. 그리고 허무하게 녹아 버리거나 광역 살상 마법에 의해서 소멸되었다.

-가소롭구나. 별것도 아닌 천한 인간들. 너희는 분노하더라도 고작 그 무엇도 바꾸어 놓지 못하며, 억울해하더라도 아무것도 이루지 못한다.

아우솔레토는 가차 없이 그들을 짓밟고, 마법으로 태우고 얼리고 녹였다.

수백 명 이상이 한꺼번에 얼었다가 부서지고, 공중으로 들리더니 갈기갈기 찢겨 낙하했다.

드래곤에게 덤빈 자들의 최후란 이런 것이다 하는 걸 여실히 보여 주는 광경이었다.

-비참하구나, 인간들이여! 파괴의 기쁨은 위대한 종족에게만 주어진… 케엑!

-드래곤 아우솔레토의 뒷머리를 무지막지하게 가격했습니다.
드래곤의 약점 부분을 맹렬히 공격하여 91,299의 피해를 입힙니다.
군신 토르의 검이 적의 생명력과 마나를 흡수하고 신성력으로 상처 부위를 더 넓히며 113,959의 피해를 추가적으로 입힙니다.
상대의 방어력을 약화시켜서, 다음 공격부터는 4%의 피해를 더 입히게 됩니다.
군신 토르의 검이 포악한 상대의 힘을 0.6% 흡수합니다.

파괴와 살육의 대현장에서도 위드만큼은 굴하지 않고 계속 엄청난 속도로 아우솔레토의 뒤통수를 내리치고 있었다.

-네놈!

드래곤이 자아를 깨달았지만 머리를 흔들고 땅을 구르며 몸부림을 치더라도 위드는 거머리처럼 그 자리에 붙어 있었다.

위드에게로도 다수의 마법이 날아왔다.

-얼음 파편의 비산.

작지만 그만큼 위험한 얼음 조각들이 아우솔레토의 머리 위에서 회오리쳤다.

위드는 몸을 숙였지만, 무수한 얼음 조각들은 갈기갈기 찢어 놓을 기세로 부딪쳐 왔다.

전사들이 가장 두려워하는 것은 상대의 검도 아니고 화살도 아닌, 마법이다. 드래곤의 마법이다 보니 그 위력이야말로 겪어 본 중에 최악!

광장처럼 넓은 땅을 우습게 뒤집고 불태운다.

인간 마법사가 지정된 주문을 외워서 간신히 발휘하는 고위 마법도 드래곤에게는 시동어를 중얼거리는 것만으로도 충분.

마나 소모는 되기나 하는 것인지 의심스러우며, 위력마저도 그 수십 배에 이른다.

여기에 살아 있는 생명체 중에서 제대로 얻어맞고 드래곤의 마법에 견디는 이는 없었다.

하지만 신의 갑옷의 능력이 마법에 대응하기 위하여 발동되었다.

－최상급 빙계 마법을 약화합니다.
충격의 여파를 최소화합니다.

강철도 뚫어 낼 빠르고 단단한 얼음 파편들이 물로 변해서 비처럼 쏟아져 내렸다.

그마저도 위드에게는 저절로 갈라지듯이 비껴가서, 정작 본인은 물에 젖지도 않았다.

신의 갑옷이라더니 기대 이상의 품질.

"역시 믿고 쓰는 갑옷이로군."

－어리석은 인간. 자만할 것 없다. 내 공격은 이제부터 시작이니. 둔중한 타격, 탈골, 바람 강타, 불치병, 묵직한 어깨, 호흡 중단.

드래곤은 말의 힘으로 마법을 연속으로 발휘했다.

주변에 적들이 가득 차 있었지만 이제 그들에 대해서는 관심이 없었으며, 목표는 오직 위드!

위드는 수십 가지의 마법이 발생하여 자신에게로 다가오는 것을 볼 수 있었다.

마치 비바람 또는 해일처럼 밀려드는 각양각색의 고위 마법들.

간을 김치냉장고에 보관한다는 말이 나올 정도로 다양한 경험을 해 온 위드에게도 정말로 살풍경한 광경이었다.

-토르 신께서 위대한 인간이며 신의 전사인 그대를 주시하고 있습니다.
신의 갑옷이 위력을 최대로 발휘합니다.
마법을 중화합니다.
마법의 연속적인 피해를 96%까지 감소시킵니다.
생명력의 저하에 따라 갑옷에 각인되어 있는 회복 마법이 발동됩니다.

위드의 갑옷에서 순백색의 신성한 기운이 흐르며 마법에 계속 저항했다.

특별히 강한 일부 마법들은 군신 토르의 검으로 베어서 없앴다.

드래곤의 머리 위에서 휘황찬란한 빛을 뿜어내며 전투를 펼치는 위드야말로 영웅담이나 신화에 나올 법한, 독보적으로 멋진 모습이었다.

특히 블랙 드래곤 아우솔레토는 멋지고 웅장하지만 포악하고 간사하게 생긴 외모를 가지고 있어서 더욱 대비되는 효과도 있었다.

세상을 구원하기 위해서 지고의 존재인 드래곤에 대항하는 위드!

어떤 화려한 수식어도 필요 없이, 텔레비전을 보는 초등학생들이 눈물과 콧물을 쏟을 정도로 멋진 광경이었다.

물론 이런 위드가 동네 슈퍼마켓을 갈 때에는 사흘은 안 감은 머리에 구멍 난 운동복을 입고 오래된 슬리퍼를 질질 끈다는 것은 알려지지 않으리라.

마법을 발휘해도 위드를 금방 떨쳐 내 버릴 수가 없자 드래곤은 머리를 격렬하게 흔들었다.

수십 미터를 오가는 흔들림.

뿔을 붙잡는 것만으로는 이제 몸을 안정적으로 지탱하기가 불가능해졌다. 드래곤이 건물과 땅에 머리를 부딪치고 있었으니 튕겨 나가지 않는 것만으로도 다행이었다.

일점 공격술은 이런 상황에서는 당연히 터트릴 수가 없다.

이때 위드의 손에서 흘러나오는 밧줄!

"이걸 가지고 있었지!"

하늘로 오르는 탑의 간수들을 해치우고 얻은 전리품.

노예를 엮는 밧줄.

평범한 물건이라고 할 수 있지만 신성력이 부여되어서 최대 200미터 길이까지 원하는 만큼 늘어나며 잘 끊어지지 않는다.

깊은 원한으로 인해서 묶이고 나면 상대의 능력을 최대 20%까지 감소시키는 옵션도 가지고 있었다.

위드의 손에서 흘러나온 밧줄이 드래곤의 목을 서른다섯 바퀴나 돌면서 칭칭 감았다.

한 겹으로는 몸부림을 치는 드래곤에 의하여 끊어질 수가 있다. 하지만 서른다섯 겹의 밧줄은 잘 끊어지지 않는다.

"타앗!"

위드는 뿔을 놓고 전광석화처럼 매듭을 묶으며 밧줄에 자신의 몸을 고정했다.

인형 눈 붙이고 단추 꿰매던 실력은 어디로 가지 않은 것이다.

어디 그뿐이던가.

사막의 대제로서 입수한 아이템도 아끼지 않고 사용했다.

"이것도 먹어라!"

몸부림을 치던 드래곤이 머리를 하늘로 쳐들었을 때였다.

벌어진 주둥이를 향하여 크리스털을 던졌다.

말살의 불도마뱀 왕을 잡고 나서 얻은, 화염의 생추어리로 인도하는 크리스털!

분명 새로운 모험과 관련이 있을 물건이지만, 용사로서의 활동은 조각술 최후의 비기 퀘스트를 끝낼 때까지만 하기로 했다.

퍼석!

드래곤은 입에 들어온 크리스털을 반사적으로 물어서 깨뜨렸다. 그러자 주둥이에서 수백 미터에 달하는 불길이 터져 나왔다.

-이, 입안이……!

크리스털이 깨지며 드래곤의 입속에서 화염의 대정령이 나타나 불길을 발산한 것이다.

아우솔레토의 입에서 화염의 브레스를 쏘는 듯한 상황이 연출되었다.

위드도 드래곤이 겪을 고통이 어떠할지는 짐작할 수 있었다.

갓 구운 군고구마를 식히지도 않고 먹는 정도로는 부족하다. 끓는 기름을 마시는 듯이 정신을 차리기가 힘든 고통이리라.

고통으로 날뛰다 보니 위드를 떨어뜨리려고 머리를 흔드는 행위가 줄어들었다.

"역시 비싼 게 돈값을 하는군."

이럴 때를 이용하여 드래곤의 약점에 일점 공격술을 작렬시켰다.

제아무리 드래곤이 엄청난 생명력과 방어력을 가지고 있다고 해도 만신창이가 되는 것은 순식간이었다.

아우솔레토의 입속도 엉망 그 자체였다.

-이러케는 안 된닭. 지고의 조재인 나 아우소레토가 이르간 따위에게 공객을 당하고 이따니.

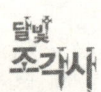

혀가 녹아내린 듯 꼬이는 발음!

"건방 떨지 마. 어차피 인생 꼬이기 시작하면 망가지는 건 누구나 다 마찬가지야. 그리고 나도 여기서 어디 가면 황제라고 불리는 몸이야!"

위드는 말을 하면서도 공격을 쉬거나 하지는 않았다.

긴 시간 준비를 해 놓고도 방심과 게으름으로 마지막에 정당한 보상을 제대로 얻지 못한 악인들이 한둘이 아니었기 때문이다.

나쁜 짓을 할 때에도 성실함은 필수적인 부분!

위드가 연거푸 퍼붓고 있는 일점 공격술은 드래곤의 생명력을 9% 이하까지 줄여 놓았다.

아우솔레토의 입안에서 불길이 멎기는 했다. 하지만 화염의 대정령은 위장 속으로 들어가서 계속 피해를 입히고 있었다.

드래곤의 몸이 자꾸만 들썩이는 것만 보더라도 그 가
엄청나다는 것쯤은 짐작이 가능했다.

-인간 따위에게 당할 수는 없다!

다시 멀쩡해진 발음으로 돌아왔지만 드래 리에는
고통스러운 기색이 역력했다.

"당해도 싸. 아니, 한 번쯤 당해 줘 . 잘 태어
난 것만으로 아무 걱정 없이 평생 잘 먹고 잘
사는 이 더러운 세상에도 희망이

-모이고 휘몰아치는 극한의 바람이 불어라!

아우솔레토의 마법에 의해서 높이가 200미터나 되는 돌풍이 사방으로 몰려갔다.

드래곤을 공격하던 엠비뉴의 기사들이 바람에 휘말려서 몇백 미터씩 날아가고, 범위 내의 건물들이 폭삭 주저앉는 일격!

위드를 마음대로 하지 못하자 화풀이를 할 겸 지상의 인간들을 공격하는 드래곤이었다.

역시 더러운 꼬라지!

그러거나 말거나, 위드는 몸을 단단히 결속한 채로 공격을 지속해 나갔다.

드래곤의 비늘도 역할을 못하니 한 번씩 내리칠 때마다 엄청난 생명력이 줄어 나가고 있을 뿐만 아니라 특수 효과들까지도 계속 발동되었다.

그오오오오! 이것은… 이것은!

최고의 존재 드래곤이 위드에 의해 심하게 고통스러
워

다

독 공터, 인간 따위는 흔적도 없이 녹여 버릴 지독한
어쓰는보았다. 하늘로 독을 쏘고 자신이 머리로 뒤집

하지

기에 계[illegible]성 강림의 축복에 신의 갑옷까지 착용했
설령 생명력이 부족해진다 해도 성자

아헬른의 치료 마법에 의해서 완치가 되어 버렸다.

"대제님! 역시 대제님이 해내실 줄 알고 있었습니다!"

"끝까지 버텨 내시오. 저 드래곤은 섭리에 의하면 이미 사라졌어야 마땅하오. 과연 신께서 선택한 용사답구려. 내가 그대를 계속 돕겠소. 모든 시련을 이겨 낼 수 있는 치유의 힘이 그대에게로 향하나니!"

전이는 탈출한 포로들을 지휘하여 엠비뉴 교단의 간섭을 막아 주고 있었다.

아헬른은 멀리 떨어져 있음에도 계속 치료 마법을 써서 생명력을 보충해 주었다.

회복의 숨 쉬는 고리가 위드를 감싸고 생명력이 떨어질 때마다 채워 준다. 힘을 키워 주는 축복인 파격의 일격은 1회의 공격을 즉각적으로 어마어마하게 강하게 만들어 주었다.

성자의 도움도 만만치 않게 크다 보니 드래곤은 더욱 어찌할 바를 몰랐다.

"우리의 작은 힘이라도 대제님을 도와야 합니다. 저 드래곤을 무찌를 수 있는 기회가 찾아왔습니다."

헤스티거는 엘프들에게 드래곤을 향해 계속 화살을 쏘도록 하였다. 드래곤의 신경을 분산시키도록 견제하면서 조금씩의 피해라도 꾸준히 주는 것이다.

물론 화살 공격들은 생명력을 거의 줄어들게 하지도 못했지만 드래곤을 거슬리게 만들기에는 충분했다.

화염의 대정령도 쉽게 사그라지지 않고 드래곤이 마법을 형성하는 것을 계속 방해했다.

-절대로 이렇게 끝날 수는 없다. 너희가 받아 마땅한 죄악의 형벌은 종내 피하지 못하리라.

속수무책으로 괴로워하던 드래곤이 두 날개를 활짝 펼쳤다. 그리고 아까처럼 하늘을 향하여 날기 시작했다.

거대한 체격에도 불구하고, 위드를 떨어뜨리려는 목적으로 일부러 급격하게 상승했다.

-이제 그만 내 몸에서 떨어져라.

"절대 그렇게 할 수 없지!"

하늘에서 수십 차례 회전했지만 그렇다고 해서 허무하게 손을 놓칠 위드는 당연히 아니었다.

비행 중에도 일점 공격술의 연속적인 작렬로 드래곤의 생명력만 계속 감소했다.

전투 중에 사용하기에 일점 공격술은 매우 어렵고 까다로운 기술이었다. 하지만 이렇게 대형 생명체를 상대로 아예 몸에 고정시키고 공격을 하다 보니 절반 이상은 그대로 적중을 한다.

설혹 일점 공격술이 빗나간다고 하더라도 지금까지 공격으로 방어력을 낮춰 놓은 것이 있어서 막대한 피해를 입혔다.

-후회하지 마라. 적어도 혼자 죽진 않으리라, 인간아!

아우솔레토는 지상으로 전력을 다한 급강하를 시도했다.

구름을 뚫고 내려와서 땅이 급격하게 가까워져 왔다.

아직 제정신이 아닌 헤울러와 사제들의 모습, 그리고 드래곤이 자신의 머리 위로 떨어지고 있어서 깜짝 놀라는 포로들의 얼굴까지 보였다.

드래곤이 자신의 목숨을 걸고 벌이는 동반 자살 공격!

하늘에서는 바람에 의해 조금만 요동치더라도 무섭기 짝이 없는데, 아예 죽을 작정으로 지상을 향하여 전력으로 떨어져 내려가는 것이다.

"좋았어. 그렇다면, 어차피 같이 죽는 거야!"

위드는 마지막까지 손을 놓지 않기로 했다.

이판사판.

죽음이 겁난다고 해서 드래곤을 풀어 준다면 다시 이런 기회를 언제 또 잡을 수 있겠는가.

설마 드래곤이 자살을 선택하리라는 것도 어쩐지 믿기지 않았다.

-어서 떠나라!

"싫어! 우리 오붓하게 같이 죽자."

-인간이여, 생명이 아깝지 않은가?

"아깝지. 이렇게 다 끝낸다면 억울하고 아쉬울 거야. 그래도 널 놓칠 순 없어!"

-이성적으로, 합리적으로 생각하라. 나를 놓아주면 절대로 너를 적대하지 않을 것을 드래곤의 이름으로 약속한다.

"백번을 생각해도 마찬가지야! 내가 풀어 주면 넌 잘 먹고 잘 살 테니까 얄미워서라도 안 돼! 그리고 네 말을 믿느니 정치인들을 믿겠다."

하필이면 걸려도 위드에게 잡힌 것이 드래곤 아우솔레토의 불행이었다.

아우솔레토는 지상을 향해서 충돌할 것처럼 떨어져 내렸지만 망설이다가 결국 20여 미터를 남겨두고 방향을 바꾸었다.

"꾸엑!"

콰과과광!

땅에 스치듯이 아슬아슬하게 지나쳐 감으로써 괴물들이 튕겨 나가고 건물들이 부딪쳐서 무너졌다.

드래곤이 일으킨 바람의 여파로 인해서 휘말려서 나가떨어진 이들도 최소 400명 이상이었다.

아우솔레토는 모든 이들이 죽기를 원했지만 자신의 생명만큼은 잃고 싶지 않아서 자살도 못 했다.

"네가 그럴 줄 알았지. 원래 있는 놈들이 더 아까워하는 법이거든!"

위드는 드래곤이 무슨 짓을 하든 일점 공격술을 계속 가했다.

아무 생각도 나지 않을 정도의 이판사판!

아우솔레토는 하늘에서 괴로워하며 움직임이 점점 감소하고 있었다.

-이, 이런 결과는…….

이제는 생명력도 6% 이하가 되었다.

위드의 현재 공격력은 일점 공격술이 아니더라도 막강해서, 온갖 부수적인 피해들을 입히며 드래곤을 약화시켰다.

신검의 능력에 의해서 블랙 드래곤의 몸을 점점 신성력이 휘감고 있는 것이다.

-어떻게 인간 따위에게… 특히 너처럼 비겁한 거짓말쟁이 따위에게 당해 이런 위기에 놓이다니, 용납할 수 없다.

"인간처럼 독하고 양심 없는 존재도 드물지. 그래야 성공하는 세상이니까. 그리고 다 뿌린 만큼 거두는 거야. 내가 착하게만 살았으면 넌 더 활개 치고 나쁜 짓을 벌일 거잖아."

위드는 말 한마디에서도 밀리려고 하지 않았다.

드래곤은 지성이 뛰어난 고등 생명체이다. 즉, 수치화는 되지 않겠지만 화병으로 정신적인 피해를 입히는 것도 가능한 것.

-네가 생각하는 만큼 간단하게 끝나진 않으리라. 파멸이 너희 모두에게 가까이 다가가 있다.

아우솔레토는 마법을 사용하기 시작했다.

그리고 위드는 뒤통수를 힘차게 강타했다.

-치명적인 일격을 가했습니다.
상대방이 외우고 있는 마법 주문이 취소됩니다.

-모든 것이 끝장날 것이다. 여기에서 살아남을 생명은 아무도 없다. 이 땅에 깃든 모든 생명들아, 너희는 깊고 어두운 속으로 내려가 암흑만이 자리하게 될지니…….

-치명적인 일격을 가했습니다.
상대방이 외우고 있는 마법 주문이 취소됩니다.

위드의 공격에 의해서 마법이 몇 차례나 중단되었지만, 아우솔레토는 더 이상 움직이지 않고 하늘에 둥둥 떠서 계속 마법을 외웠다.

공격을 당하면서도 도망치거나 벗어나려고 하지 않고 원독에 차서 외우는 주문이었다.

'이건 뭐지? 보통의 마법과는 다른 것 같다.'

위드도 사태의 심각성을 느꼈지만 공격으로 마법을 취소시키는 것 외에는 특별히 어떻게 대처할 방법이 없었다.

드래곤의 마법은 인간들에 비해서 시간을 비교하는 게 불가능할 정도로 빨리 진행된다. 계속 취소시키려고 무던히도 애를 썼지만, 드래곤도 끈질기게 주문을 반복해서 외웠다.

"이놈이!"

마법 주문이 실패하더라도 동원된 마나는 잠깐 동안 흩어지지 않고 주변에 머문다.

마법사라면 특별한 마나의 흐름을 볼 수도 있지만, 다른 직업들은 어지간해서는 그런 능력은 갖기 어렵다.

위드는 현재는 사막의 대제로서 인간의 한계를 초월한 만큼 마나를 느끼거나 보는 것이 가능했다.

아우솔레토를 향하여 모여드는 광활하고 방대한 마나는 그 경계를 알 수 없어서 드넓은 바다를 연상시킬 정도였다.

소름 끼칠 정도로 어마어마한 마나가 드래곤에게로 몰려들어 가고 있다.

위드도 온몸의 피부가 곤두서는 것 같은 서늘한 느낌을 받았다.

—층층이 쌓여 있는 마나를 뚫지 못하여 공격이 차단되었습니다.

—마나가 비정상적인 외부의 영향을 받습니다. 달빛 조각 검술의 스킬이 취소되었습니다.

그리고 완성된 마법 주문.

—완전한 파멸이 이 땅에 오리라. 영겁의 대침식!

아우솔레토가 시전한 마법은 궁극의 파괴 마법인 영겁의 대침식이었다.

"영겁의 대침식이라고? 그렇다면 땅과 관련이 있는 건데."

위드는 잠깐 대지 계열 궁극 마법들에 대해서 떠올렸다.

보통 대지 계열의 마법은 전투 중에 자주 사용되지는 않는 편이었다.

위력도 약하고, 전투 중에 즉각적인 효과도 없다. 다만 벽을 만들거나 해서 몬스터들을 가로막거나 미끄러지게 하는 정도는 흔하게 쓰인다.

'그래도 드래곤이 쓸 정도의 궁극 마법이라면 유성 소환 수준일 텐데.'

유성 소환이라고 한다면 마법 스크롤을 구해서 이미 써 본 바도 있지만 어마어마한 규모를 자랑했다.

몬스터를 목표로 하는 마법이 아니라 그 지역을 완전히 끝장내는 위력에 가깝다.

성이나 도시, 그 무엇도 유성 소환의 충격 앞에서는 남아나지를 않는다. 직접 맞지 않더라도 그 충격파가 엄청난 속도로 휩쓸고 지나가면서 전부 끝장내 버렸다.

수백 미터 범위의 땅이 깊게 파이고, 반경 1~2킬로는 정상적으로 남아나는 게 없다.

물론 엠비뉴 교단에서는 신성력과 같은 특수한 권능으로 잠깐 살아남기도 할 수 있지만, 위드도 죽을 뻔했다.

'잠깐! 영겁의 대침식이라면 어디서 본 적이 있어.'

위드는 뒤늦게 기억을 떠올렸다.

사막의 대제로서 활동하며 입수한 책자에 영겁의 대침식에 대해 기록되어 있는 걸 본 기억이 났다.

베르사 대륙의 기괴한 지형에 대한 이야기 #8.

에스게해에 있는 판데스 군도.

17개의 돌섬으로 이루어진 군도는 중앙부를 두고 마치 바다에서 솟구친 것과 같은 모습으로 구성되어 있다.

오래전 옛날, 판데스라는 큰 섬에는 악명 높은 해적들이 살았다고 한다.

인어들을 길들여서 해적선을 끌게 한 그들은 해룡 레비타우스의 분노를 샀고, 곧 그들이 기지로 삼던 판데스 섬은 드래곤의 마법에 적중되고 말았다.

영겁의 대침식!

처음에는 지진이라도 일어난 것처럼 땅이 흔들리더니 소용돌이치듯이 점점 빠르게 돌기 시작했다. 그러더니 끔찍한 회오리가 일어나서 대지를 빨아들였다.

흙과 바위, 사람, 식물.

그 무엇도 가리지 않았다.

모든 것들이 깊숙한 땅속으로 집어삼켜졌고, 하늘을 날아다니던 새들까지도 흡입력을 이기지 못하고 끌려들어 갔다.

그 후로, 정말 경악할 만한 일이지만 판데스 섬은 완전히 산산조각이 나서 사라지게 되었다.

섬이 있던 자리와 멀리 떨어진 바닷가에는 17개의 기괴한 절벽 같은 군도만 남아 그때의 흔적을 조금이나마 보여 주고 있다.

동물도 살지 못하는 작은 군도이지만 가끔씩 인어들의 노랫소리를 들을 수 있다.

마법사들은 판데스 군도로 가서 약간의 지식을 찾을 수도 있을 것이고, 모험가들은 토양을 분석하여 상당한 경험과 안목을 쌓을 수 있으리라.

간단히 요약하면, 영겁의 대침식은 아예 그냥 지형 자체가 다시 그 무엇도 존재하기 힘들 정도로 박살 나는 것이었다.

"대신전이 부서지는 정도로 그치지 않고 아예 송두리째 사라져 버리겠군."

영겁의 대침식이 어떤 것인지 이해한 후에도 위드는 아우솔레토를 향한 공격을 멈추지 않았다.

마법을 사용하는 데 막대한 마나를 써 버렸는지, 드래곤은 움직임이 더욱 굼떠졌다.

-그만, 이제 그만해라! 내 이야기를 귀 기울여서 들어라. 아직 너와 내가 살 수 있는 기회는 있다.

위드는 일점 공격술을 계속 터트리면서 물었다.

"뭔데? 말이나 해 봐."

-나는 오랜 잠에서 깨어나서 전투를 치르면서 지치고 많이 다쳤다. 인간인 네가 쉽게 알아들을 수 있도록 다시 말하자면, 죽음을 앞두고 있는 것이다.

"그래서?"

-우리가 서로 화해를 한다면 싸움을 중단하고 재빨리 여기를 벗어날 수 있으리라. 인간이여, 이곳은 영겁의 대침식에 그 무엇도 살아남지 못할 것이다. 너의 소중한 하나뿐인 생명

을 구하지 않겠는가?

"괜찮아. 신경 써 줘서 고맙지만 그렇게까지 해서 살고 싶진 않거든."

-현명한 판단을 해라. 조금만 이성적으로 차분하게 생각을 한다면 생명을 아낄 수 있다. 죽고 나면 이러한 싸움이 무슨 소용이겠는가.

"시끄러워. 내일 이 대륙이 멸망하더라도 너는 죽인다."

대지 계열의 마법은 발동이 느리다.

하지만 영겁의 대침식이 일어나게 되면 어떤 상황이 벌어지게 될지는 그 규모 면에서 전혀 예측할 수가 없었다. 그렇더라도 아우솔레토만큼은 처리하고 봐야 하지 않겠는가.

위드의 반복되는 공격은 드래곤의 생명력을 최악으로 이끌어 갔다.

-그오오오오오오! 분하고 원통하다. 대륙을 파멸시킬 자격이 있는 나 지고한 아우솔레토가 한낱 인간 따위에게 이렇게 굴욕을 당하다니.

위드가 몸에서 떨어져 나가기만 한다면, 그리고 충분한 시간만 주어진다면 잃어버린 생명력을 회복할 수 있을 텐데!

아우솔레토는 거친 비명을 지르면서 하늘 높은 곳으로 올라갔다.

구름을 뚫고 수직으로 끝없이, 높은 하늘을 향하여 날아갔다.

-치명적인 일격이 터졌습니다!
413%의 절대적인 피해를 추가합니다.
상대방의 힘과 맷집을 감소시켜서 무력화 상태로 이끌어 갑니다.
군신 토르의 검이 92,939의 신성 데미지를 가합니다.

-드래곤을 상대로 25회의 연속 공격이 성공하면서 민첩이 2 오릅니다.

위드는 공격이 작렬할 때마다 떠오르는 메시지조차 더 이상 보지 않았다. 드래곤을 공격하는 일이다 보니 그럴 겨를도 없었고, 아우솔레토가 죽어 가고 있다는 게 감소하는 활동력에서 저절로 느껴졌다.

아우솔레토를 죽이고 나서 자신이 과연 살아남을 수 있을지의 문제까지 고려할 수는 없었다.

아우솔레토를 사냥하는 것이 최우선!

-이렇게 죽고 싶지 않다. 드래곤인 내가 죽음을 강제적으로 경험해야 하다니…….

"고맙다, 내 손에 죽어 줘서!"

블랙 드래곤 아우솔레토.

절대적이라고 일컬어질 정도로 강대한 힘을 가진, 범접할 수 없는 존재 드래곤.

하늘을 향하여 수직으로 솟구치던 아우솔레토의 움직임이 갑자기 멎었다. 그리고 몸 주변을 보호하기 위한 마법 장벽도 걷히면서, 서서히 바람이 불어오기 시작했다.

드래곤의 머리끝에서부터 회색빛이 퍼져 나가더니 몸 전체가 뜨거운 불길에 휩싸였다.

'이것은 설마…….'

위드조차도 스스로 한 일이 믿기지 않았다.

-레벨이 오르셨습니다.

-레벨이 오르셨습니다.

-레벨이 오르셨습니다.

-레벨이 오르셨습니다.

-베르사 대륙을 파멸로 이끌려고 하던 혼돈의 드래곤 아우솔레토가 영원한 안식에 들어갔습니다.

-불가능에 도전한 업적으로 인하여 명성이 79,398 올랐습니다.

-베르사 대륙의 질서 자체이던 드래곤이 목숨을 잃었습니다!

-누구도 넘볼 수 없는 전투 경험으로 모든 스탯이 8씩 늘어납니다. 특히 투지가 10만큼 더 상승하며 특수한 위엄 스킬을 획득합니다.

드래곤 피어에 맞서는 자 : 드래곤을 사냥한 자의 투지는 약한 이들이 견딜 수 있는 것이 아닙니다. 몬스터들이 공포에 질려서 최소 10%에서 60%까지 약해집니다.

-고되고 힘든 전투의 승리로 인해 전투와 관련된 모든 스킬들의 숙련도가 최소 27% 이상 오릅니다.
아직 초급 수준에 머물러 있는 전투 스킬들은 단숨에 4레벨 이상 상승하게 될 것입니다.

-위대한 전투의 승리로 스탯 통찰력이 생성되었습니다.

통찰력 : 매우 높은 지혜와 지식을 갖추면 생겨납니다. 때때로 드물지만 숨겨진 유적을 발견하면서 불가해의 비밀을 풀어내거나, 어려운 마법 주문의 습득과 향상, 위대한 전투의 승리로도 생성됩니다.
이 스탯은 많은 분야에 걸쳐서 긍정적인 영향을 미칩니다.
일정 확률로 적의 마법 공격을 파헤쳐서 거꾸로 되돌리며, 함정을 쉽게 발견하고, 몬스터들의 기습을 미리 알아차립니다.
특정 고위 마법들은 학습에 있어서 반드시 통찰력이 필요하기도 하며, 특별한 기술들을 빨리 높은 수준으로 습득하는 데에도 통찰력은 영향을 줄 것입니다.

-조각술 최후의 비기 퀘스트의 진행 도중에 통찰력 스탯을 획득하였습니다.
이룩한 업적에 대한 부분이므로 원래의 시간대로 되돌아가더라도 적용됩니다. 단, 스탯은 1부터 시작하게 될 것입니다.

위드의 입가가 감동으로 파르르 떨렸다.

"정말 나에게 이런 날이 오다니."

최초로 드래곤을 사냥한 자!

그 명예의 값어치는 무엇으로도 바꾸기 힘들 정도이겠지만, 위드도 설마하니 진짜 아우솔레토를 죽이게 될 거라고는 미처 생각하지 못했다.

이미 825나 되던 레벨이, 얼마나 많은 경험치를 얻었는지 한꺼번에 무려 4개나 오를 정도였다.

그러한 감격의 순간도 잠깐이었고, 위드는 곧 자신이 해야 할 일을 알았다.

"단 하나도 놓칠 수 없지!"

샤샤샥!

사냥 후의 집중력이 최대로 발휘되는 순간!

전문적인 경험을 통해서 전리품을 공중에서 수거했다.

-잿빛 호수의 신비한 무언가가 묻혀 있는 지도를 획득하셨습니다.

-실버 드래곤 유스켈란타의 거울을 습득하셨습니다. 특별한 퀘스트와 연관이 있는 아이템으로, 시공을 초월하여 잃어버리지 않고 귀속됩니다.

-마법이 봉인되지 않은 완전한 마나석을 68개 얻었습니다. 이 어마어마한 물량은 올바르게 사용된다면 마법학을 크게 발전시킬 수 있으며 신기원을 열어 갈 것입니다.

-블랙 드래곤의 뼈를 208개 획득하셨습니다.

-블랙 드래곤의 비늘을 3,494개 획득하셨습니다.

–블랙 드래곤의 검은 수염을 43개 획득하셨습니다.

–드래곤의 생명과 마나의 원천인 심장을 획득하셨습니다. 이 신선한 심장은 소유하고 있는 이에게 높은 밀도의 마나를 제공해 줍니다. 심장을 매개체로 모든 분야의 고급 마법을 사용할 수 있습니다.

심장을 제외하고는 대부분이 재료인 아이템들이었다.

특별히 가공하지 않으면 당장은 쓰기에 어려움이 있겠지만, 그럼에도 가슴 벅찬 뿌듯함이 있었다.

호주머니에는 잔돈 몇 개밖에 없지만 은행 잔고가 몇억은 있는 듯한 느낌이었다.

"그래 봐야 원래의 세상으로는 가져가지도 못할 물건들이겠지."

그 직후 허탈감과 상실감도 진하게 느껴졌다.

토르의 신검이나 갑옷 같은 물건들도 가져만 간다면 이만저만한 보물이 아닐 테지만 퀘스트를 끝내면 다 놓고 떠나야 하리라.

멀리 떨어져 있어서 미처 회수하지 못한 아우솔레토의 비늘과 뼈들이 흩어져서 지상으로 떨어지기 시작했다.

위드도 지상을 향해서 느릿하게 내려오고 있었다.

높은 하늘에서 부는 시원한 바람을 얼굴에 맞으면서 땅에 닿으려면 몇 분은 족히 걸릴 정도로 느린 속도였다.

조금 전에는 전투 중이라 경황이 없어서 알아차리지 못했지만, 위드가 드래곤과 함께 높은 하늘로 솟구치는 순간 성자 아헬른이 평온한 추락이라는 일종의 비행 마법을 걸어 준 것이었다.

괜히 성자라는 수식어가 붙은 게 아니라는 걸 증명이라도 하듯이 그 지속 시간은 2시간이 넘어서, 위드는 마음껏 여유를 부릴 수 있었다.

지상은 몰려온 몬스터들과 엠비뉴 교단의 마물들 그리고 탈출한 포로들로 아비규환이었지만, 위드가 있는 하늘은 한가롭기만 했다.

띠링!

드래곤의 입을 향해 뛰어드는 7인의 결사대 완료

엠비뉴 교단에서 신의 능력을 탐하기 위해서 건설되던 탑은 처참히 무너졌다.

혼돈의 드래곤, 대륙을 힘과 공포로 짓누르던 드래곤은 다시 봉인된 것이 아니라 믿을 수 없게도 인간 용사에 의해 제거되었다. 이것은 대륙에서 최초로 벌어진 드래곤의 전투 중 사망이며, 그 누구도 상상하지 못한 일이었다.

대사제 헤울러가 지배하는 엠비뉴 교단은 그 사악한 수단들이 봉쇄되고 막다른 길까지 몰렸다.

—불가능에 가까운 난이도의 퀘스트를 완벽하게 수행하였습니다.
그에 대한 보상은 조각술 최후의 비기가 완료되면 주어질 것입니다.

"아싸!"

위드의 입가에 탐욕 어린 미소가 맺혔다.

바드레이와 헤르메스 길드의 수뇌부는 북부의 점령 지역 선술집에 모였다.

북부 정벌이 한창 벌어지고 있었지만 전투에 대한 승리 보고들뿐이다. 베르사 대륙의 중앙부를 단단히 움켜쥐고 있는 그들은 조금도 긴장감을 느끼지 않았다.

— 아스데멘트에서 황금 광산이 발견되었습니다. 개발을 진행하겠습니다.

— 보물 던전 확인 완료. 사냥 적정 레벨대는 400대 중반으로 추측.

— 유물과 관련된 퀘스트가 발생했습니다.

중앙 대륙에 있는 귀한 보물과 사냥터를 그들의 것으로 하여 힘을 키우기에도 바빴다.

헤르메스 길드는 이미 사상 초유의 힘을 가지고 있으면서도 아예 남들이 넘보지도 못할 정도로 강력한 전력을 쌓아 가고 있었다.

'이것이 나의 방법이지.'

바드레이는 마스터 퀘스트도 중간에 방치해 둔 채로 더 이상 진행하지 않았다.

골치 아프고 시간이 오래 걸리는 퀘스트에 열을 올리기보다는 확실한 이득을 취한다.

다른 세력의 영역에 있어서 갈 수 없었던 최고의 사냥터들을 섭렵하면서 레벨 510을 넘겼다.

뛰어난 정보망을 이용하여 흑기사와 관련된 스킬들도 획득!

흑기사의 직업적인 특성에 걸맞은 '반란의 날' 이라는 스킬도 얻어 냈다.

한 달에 하루밖에 쓸 수 없지만, 불굴의 힘을 발휘하며 부하들의 능력을 2배 이상으로 향상시킨다. 또한 일정량 이상의 마나가 담겨 있지 않은 원거리 공격은 모두 무효로 만든다.

바드레이를 위한 헤르메스 길드의 준비들은 이것으로도 부족했다.

학자들과 마법사들은 여러 왕궁에 보관되어 있던 퀘스트와 관련된 책들을 읽었다. 대륙의 중요한 비밀들은 여러 왕궁의 도서관이나 왕궁에만 숨겨져 있는 경우도 있었다.

그렇게 알려지지 않은 검술 마스터에 대한 정보를 획득하여, 모험가들이 레가드 성 지하에 있는 성벽을 살피는 중이었다.

어떤 검술 마스터 스킬이 숨겨져 있을지는 모르지만 찾아내기만 한다면 바드레이와 헤르메스 길드의 전투 능력은 더욱 강해지게 되리라.

'남보다 앞서게 되면 쉽고, 빠르고, 편한 길을 선택할 수 있지. 더 많이 가지고 격차를 벌려 나간다. 이것이 나의 방법이다.'

바드레이는 자신의 왕도를 찾아냈다.

한때는 경쟁자로서 위드가 부각되면서 자신도 할 수 있다는 욕심이 나기도 했다.

하지만 더 이상은 위드와 퀘스트를 겨루면서 명성을 경쟁하지 않기로 결심했다.

제국의 국력을 키우고, 자신의 전투력을 범접할 수 없을 정도로 끌어올린다.

이것이야말로 베르사 대륙의 진정한 지배자이며 황제가 나아가야 할 길이라는 생각이 들었다.

대륙의 지배를 공고히 하면서 누구도 덤비지 못할 힘을 갖는다.

헤르메스 길드를 기반으로 한 통치는 절대로 깨어지지 않을 강력한 힘이 되리라.

실상 20만이 넘는 방대한 헤르메스 길드 유저들 중에서 멀고 험한 북부까지 떠난 유저들은 5만 명 정도에 불과했다.

그들만으로도 정규군에 속해 있는 병사들과 기사들을 통솔하고, 마법병단의 힘을 활용하여 북부를 초토화시킬 수 있다는 판단에서였다.

물론 그것만으로도 북부를 우습게 도모할 수 있을 정도로 어마어마한 전력이다.

일반 유저들의 입장에서는 헤르메스 길드에 속해 있는 유저라는 사실만으로도 특별하게 느낄 정도로 평균 레벨이 높았다.

완전한 절망 작전.

북부의 유저들이 최후의 한 줌의 희망마저도 잃어버리게 만들기 위해서는 정면에서 무릎을 꿇려야 한다.

모든 도시들을 부수고 마을을 약탈하며 사람이 살아가기 어려운 땅으로 만든다.

북부를 황폐화시키면 사람들은 어쩔 수 없이 중앙 대륙에서 헤르메스 길드에 굴복하며 살아가게 되리라.

"레트로 님도 오셨군요. 요즘의 활약 잘 보고 있습니다."

"판드로스 성의 내정 상태가 훌륭하다던데, 조만간 시간을 내서 방문을 해도 되겠습니까?"

"성 부근에 방대한 초지가 있어서 목장 운영이 특별히 잘되고 있습니다. 오신다면 기꺼이 잘 키운 명마라도 1마리 내어 드려야죠."

하벤 제국의 영주들과 고위 귀족들은 화기애애한 대화를 나눴다.

어딘가에서는 전쟁이 벌어지고 있지만, 대륙에서 최고의 능력을 가진 강자들은 후방에서 여유롭게 맥주를 마실 수 있을 정도로 한가했다.

"오늘 위드의 퀘스트에 대해서 어떻게 생각하시는지……."

"최후를 맞이하기에는 적당하겠지요. 그리고 지금 시대로 돌아오면 우리 하벤 제국에 의해서 밀릴 것이고 말입니다."

"하하, 물론 제 생각도 그렇습니다."

바드레이가 있는 선술집에는 최소 200명이 넘는 유저들이 모였다.

북부군과 함께 전쟁에 따라온 지휘관 유저, 헤르메스 길드의 요직에 임명된 유저, 중앙 대륙의 성주.

이름깨나 알려진 유저들이 황제 바드레이의 눈에 들기 위해서 선물들을 싸 들고 온 것이다.

"북부의 저항이 예상과 달리 만만치는 않은데요."

"수그러들 것 같으면서도 계속 덤벼드니, 원. 포기할 때도 되었는데 말입니다."

"하지만 우리 하벤 제국군에게는 한나절 상대할 거리도 되지 않지요. 중앙 대륙 최후의 쟁탈전에서 연합군들을 상대로 할 때에는 그래도 무시 못 할 강자들이 꽤 있었는데. 이건 그냥 밟고 지나가면 됩니다."

"현재 보급대나 점령 지역을 공격하는 시도는 꽤나 피해를 입히고 있지 않습니까?"

"그래서 보급대를 호송하는 인원을 대폭 늘렸는데도 불구하고 신출귀몰한 출현으로 인해서 계속 당하고 있답니다."

"저런, 그건 안 좋은데요. 라페이도 해결을 못할 정도랍니까?"

"우리 군대에 보급하는 양이 워낙에 많다 보니 빈틈이 생기는 것도 어쩔 수 없는 노릇이지요. 점령 지역도 한꺼번에 넓어지고 있고 요새 따위가 없으니 수비에도 어려움이 있고. 그래도 보급에 차질이 생겨서 전쟁에 무리가 갈 정도는 아닙니다. 전투 물자의 보급이 워낙 넉넉하게 이루어지고 있으니까요."

선술집의 구석에서는 유저들끼리 눈치를 보며 조용히 뒷담화가 이루어지기도 했다.

헤르메스 길드가 커지고 난 이후 영입된 고레벨 유저들에게는 특별한 충성심 같은 건 없었다. 강한 세력에 속해서 살아가는 게 편하다는 이유로 눈치를 보다가 함께하는 이들이 많았다.

막상 헤르메스 길드에 들어오고 나서는 그 강대한 세력과 포부, 일관된 계획에 동참하게 된 걸 행운으로 여기며 만족스러워했다.

그들이 보기에 하벤 제국의 전력이 10이라면 북부는 1이나 2 정도밖에 되지 않는다.

경제력, 군사력, 도시의 숫자, 개발되어 있는 국토 면적, 도로의 길이, 인구, 국력에서 무엇도 비교 대상이 아니다.

숫자만 많은 오합지졸의 모임이다 보니 진정한 힘 앞에 곧 굴복하지 않겠냐는 생각을 다들 가지고 있었다.

"모험이 시작되는군요, 후후후. 다들 잔을 들고 위드가 몰락하는 모습을 지켜봐 줍시다."

"물론입니다!"

"북부 점령과 초토화에 앞서서 재밌는 구경거리가 될 겁니다."

"헤르메스 길드 만세!"

헤르메스 길드의 유저들은 포도주를 시켜 놓고 마시면서 여흥을 즐기기로 했다. 자신들은 이미 유일의 강대한 세력이고 대륙을 통일할 날도 얼마 남지 않았기에 보이는 여유였다.

하늘로 오르는 탑이 무너질 무렵에도 입가에는 웃음이 넘쳤다.

"허헛, 제법 고생을 하는군요. 워낙 무식하다 보니 어쩌다 저런 행운이 따르기도 하는 거지요."

"위드가 인기가 있는 이유가 다 저런 것 아니겠습니까. 저런 식으로 악착같이 발버둥 치는 모습들이 비슷한 수준의 놈들에게 헛된 희망을 조금 주니까 말입니다."

"저렇게 날뛰어 봐야 바드레이 님이 검 한번 휘두르면 금방 죽어 버릴 텐데요."

"뭐, 퀘스트니까 지금은 엄청난 능력을 보이고 있지만 다시 돌아오면 끝이죠. 설마 저 능력을 갖고 돌아오지는 않을 거 아닙니까."

초보들에게는 가히 밤하늘의 별과도 같은 존재들, 레벨이 400대 초중반에 이르는 유저들도 바드레이를 위한 아첨의 말들을 했다.

능력 있는 사람에 대한 아부야말로 사회생활에 있어서 부드러운 기름칠과도 같았다.

그러나 헤르메스 길드의 유저들도 속으로는 느끼고 있었다.

'저거 진짜 장난 아닌데?'

'생존 확률이 있긴 한 거야? 이건 시간제한까지 있는 퀘스트였지. 그러면 도대체 무슨 수로 깨라는 거야.'

'대박은 대박이다. 시청률이 아주 높겠군. 또 당분간 영웅이 되면서 재방송 계속하겠네.'

하지만 겉으로는 아무렇지 않은 척하면서 방송을 봤다.

"진행자가 위드 칭찬을 너무 많이 하는군요. 따지고 보면 별것도 아닌데 말입니다."

"그러게요. 여기 있는 누구라도 저런 기회가 주어진다면 위드보다 더 시원하게 날뛸 수가 있었을걸요."

"전쟁의 신 같은 식상한 표현도 이제 끝낼 때가 되었죠. 대륙의 정복자? 그거야 뭐, 퀘스트 중에나 나오는 말이고요."

바드레이는 자신을 추앙하며 따르는 부하들을 적절히 관리하기 위해서 매사에 상당한 권위를 앞세웠다.

많은 사람들의 앞에서는 말을 많이 하지 않지만, 때때로 과감한 결정을 내리기도 하고 지위에서 비롯된 권력으로 강제로 따르게 만든다.

바드레이는 겉으로는 태연하게 맥주를 마시면서 위드의 모험이 중계되는 대형 마법 수정구를 보고 있었다.

'위드가 전투에 관한 감각에서는 나보다 뛰어난 면이 있다. 그건 쓸모가 많고 중요하지. 그렇더라도 한곳만 정확하게 계속 때리는 공격술도 완벽하게 익혔고, 격차는 별로 없을 것이다. 다른 특별한 기술을 또 만들어 내면? 그것도 내가 배우고 익힐 수 있을 것이다.'

방송을 보면서 위드의 행동이나 감각을 분석해서 자신의 것으로 만들고 있으니 위드도 더 이상 자신에 비해서 앞서 나가는 것이 없으리라.

어쩌면 조금은 불쌍하다는 생각도 들었다.

먼 과거로 가서 모험을 하며 헤르메스 길드의 골칫덩이가 되어 가던 엠비뉴 교단을 아예 뿌리째 뽑아 놓고 있지 않은가.

위드는 내버려 두면 매우 유익한 일을 벌인다.

그 대가로 그가 얻는 건 북부의 초토화일 테니, 자기 자신을 비롯해서 헤르메스 길드에서는 틀림없는 악역을 하는 것이었다.

'확실하게 짓밟아 주지. 본보기로 삼기 위해서 정당성이나 이유 따위는 중요하지 않아. 사람들은 결국 힘 앞에 굴복하기 마련이니까.'

바드레이를 포함한 헤르메스 길드원들은 흥겨운 마음으로 방송을 지켜보았다.

위드가 드래곤의 등에 탈 때까지도 그 여유는 깨어지지 않았다.

'음, 기가 막히는군.'

'나, 참. 멋있는 건 혼자 다 하는 거 같은데.'

'아… 진짜 전쟁의 신은 신이네. 어떻게 드래곤의 등에서 화살을 쏴서 다 맞히냐.'

'저거 가능한 거야? 난 궁수인데도 해 본 적이 없는데 원래 되는 건가. 그래도 난 아마 안될 거야.'

부러움 가득한 속마음과는 달리 선술집은 위드를 비난하는 말들로 시끌벅적했다.

그리고 위드가 드래곤과 싸우다 마침내 승리를 거두는 순간, 개미가 기어가는 소리도 들릴 만큼 조용해졌다.

The Legendary Moonlight Sculptor

최종 단계

위드에 의해 드래곤이 목숨을 잃었다.

모두가 경악을 하고 있는 이 순간에도 목적을 가지고 부지런히 움직이는 유저들이 있었다.

"이번엔 이곳이 맞는 거겠죠?"

"틀림없습니다."

"그 말이 벌써 열두 번째인 거 몰라요?"

제피는 로뮤나, 이리엔, 수르카, 화령, 벨로트와 함께 팔로스 제국의 보물, 이른바 위드가 꿍쳐 놓은 뒷주머니를 찾기 위해 돌아다니고 있었다.

산더미와 같은 보물이 어딘가에 있을 텐데 어떻게 게으름을 피울 수가 있겠는가.

제피는 주위를 둘러보고는 한숨을 내쉬었다.

"그래도 어떻게, 숨겨도 이런 지형에 숨길 수가 있는 것인지."

"절대 아무도 안 올 것 같은 장소이기는 하죠."

북부 대륙에서도 이런 장소가 있으리라고는 누구도 몰랐을 것이다.

늪지대를 건너고, 낙엽이 턱까지 쌓여 있는 복잡한 숲길을 3시간 넘게 걸어왔다.

뭐, 이 정도야 충분히 찾아올 법한 장소다.

몬스터 무리가 우글거리는 장소에 보물이 있다면 더 골치가 아팠을 테니까.

하지만 위드가 사막 전사들에게 남겨 놓은 말이 문제였다.

— 아무도 찾지 못할 장소에… 인적이 뜸하거나 아예 없으면 더 좋겠지. 그리고 누구도 보물이 있다고 알아서는 안 된다.

하늘처럼 존경하는 대제왕의 말씀이기에 사막 전사들은 그 말을 충실하게 받들었다.

"마을과 도시는 안 되겠군."

"평범한 산속도 안 될 것이네."

"강물에 모두 빠뜨리는 건 어떻겠는가?"

"괜찮은 의견이기는 한데, 홍수에 쓸려 나가 버리기라도 하면 곤란하지 않겠나."

인간, 오크, 엘프는 물론이고 고블린도 가지 않을 만한 지역으로만 계속 이동했다.

화산이 시커먼 연기를 뿜어내는 지역도 지나가고, 산맥을 헤매고 동굴 속을 헤매 다녔다. 그러고는 깊은 산속에 있는 호수에 이르러서야 사막 전사들은 결정했다.

"이곳이 좋겠군."

"절대 아무도 찾아오지 않을 장소야."

"당연하지. 인간을 포함해서 어떤 종족도 이 주변에서는 살아가지 않을 것이네."

이름도 모르는 호수의 밑바닥에, 사막 전사들은 공식적으로는 왕국을 통째로 살 만한 보물을 묻고 떠났다. 실제로는 팔로스 제국의 후기에 부정부패가 극에 달하면서 진정한 보물들은 상당수가 빼돌려지기는 했지만.

그 후로 길고 긴 시간이 지나면서 호수의 물은 메마르게 되었고 진흙탕으로 변했다.

벨로트가 치맛자락을 걷어 올리며 투덜거렸다.

"여기는 갯벌 같은 느낌이에요. 금방이라도 꼬막과 바지락이 나올 것 같아요."

다른 일행도 동감이었다.

무릎까지 푹푹 들어가는 이 넓은 땅에서는 움직이는 것도 쉽지가 않았다.

페일은 특별히 다른 일이 있다면서 이번 탐사 모험에 따라오지 않았다. 어떤 일이든 맡겨 놓으면 확실하게 처리해 주는 착한 남자 페일이 없으니 수고스러워도 직접 움직여야 했다.

수르카가 주변을 둘러보며 말했다.

"주변 풍경도 형편없잖아요. 금방이라도 귀신이 나올 것 같고요."

듬성듬성 자란 메마른 나무들은 잎사귀도 없이 앙상한 가지만을 드러내고 있었다.

바람이 불어오면 나뭇가지들이 스치면서 음산한 소리를 냈다.

"에고, 여기에도 없는 걸까요?"

로뮤나는 삽으로 땅을 마구 파헤쳤다.

마법사로서 체력이 약한 탓에 당연히 힘은 들었지만 절대 포기할 수 없었다.

보물에 대한 여자들의 집착은 절대 남자들보다 덜하지 않았기 때문!

"뭐, 그렇더라도 이 부근 어딘가에 보물이 있다는 소문이 있으니 계속 파 보도록 해요."

"물론이죠!"

사막 전사들의 행적은 분명히 이곳으로 이어졌다.

하필이면 호수에 보물을 묻어 놓았던 데다 지형이 상당히 변한 탓에 구체적인 위치를 추정하기란 불가능했다. 그렇기에 마구 파 보는 수밖에 없으리라.

바람이 불면서 나뭇가지들이 소리를 냈다.

휘리리리리릿.

바람이 바위 사이의 틈새를 통과하면서 이상한 웃음소리 같은 것이 났다.

으히히히히히히히!

다들 보물을 발견하기 위해 땅을 파느라 정신이 없어 몰랐지만, 그들을 둘러싸고 있는 희끄무레한 유령들이 있었다.

— 인간들이 왜 이곳까지……. 카스터, 이유를 알겠어요?

— 모르겠군. 무언가를 찾고 있는 것 같아.

— 우리를 알고 있는 것일까요?

— 그럴지도.

유령들은 보석 귀걸이, 목걸이, 반지 같은 걸 착용하고 있었다.

이른바 오래된 보물에 붙어 있는 유령들!

팔로스 제국에서는 무기와 방어구의 가치를 높게 평가했다. 전투에 사용되거나 적을 죽이고 전리품으로 빼앗은 보물도 엄청난 양이라서, 한꺼번에 묻어 놓고 나니 유령이 대량으로 발생했다.

"틀렸어. 여기도 아닌가 봐요."

"이리엔 님, 지금까지 잘해 왔잖아요. 우리 조금만 더 힘을 내 봐요.”

“읏챠!”

외딴 곳에서 보물을 찾겠다는 일념으로 곡괭이질과 삽질을 하는 위드의 동료들이었다.

와일이와 와삼이.

위드로부터 생명을 부여받은 조각 생명체 와이번들은 모라타 근처의 절벽에 둥지를 틀고 잘 지내고 있었다.

예전에는 그들을 발견하고 유저들이 놀랄까 봐 다소 인적이 뜸한 장소를 골라 사냥을 했다.

하지만 이젠 와이번들도 방송에 자주 나오면서 유명 인사가 되었다. 특히 북부에서는 위드의 와이번들을 몰라보면 간첩도 아니고 외계인이라는 말이 돌 정도였다.

“엄마, 와삼이야!”

“와삼이 안녕!”

엄마나 아빠와 함께 로열 로드를 여행하는 어린 유저들은 와이번을 발견하면 반색을 하며 손까지 흔들어 줬다.

와이번들은 그렇게 유저들과 적당히 친하게 지냈다.

물론 잠깐 동안 정체성의 혼란을 겪긴 했다.

“원래 우린 무자비한 비행 몬스터라서 저 인간들을 적으로

삼고 잡아먹거나 해야 하는 거 아닌가?"

"와육아, 넌 인간이 맛있을 거 같아?"

"아니, 말이 맛있지. 그 고기 맛은 사냥에서 획득한 어떤 짐승보다도 훌륭해."

"그러니까 촌스럽게 인간을 먹을 필요가 없는 거야. 우린 입맛이 까다롭고 부유하며 배운 와이번이니까."

자칭 배운 와이번들!

"이거 먹을래?"

하지만 인간 유저들이 소시지나 햄, 튀김 등을 던져 주면 쏜살같이 지상으로 내려와서 날름 받아먹었다.

때때로 광장 같은 곳에서 유명한 요리사들이 음식 솜씨를 자랑한다면서 와이번들이 먹을 수 있도록 두툼한 고기들을 조리해서 놔두기도 하였으니 그야말로 천국이었다.

찬 바람을 막아 주는 둥지는 따뜻했다.

여기저기 돌아다니면서 전투를 펼치고, 아침 늦게까지 푹 잘 잤다.

와이번들은 북부의 전쟁이 어떻게 돌아가든지 상관하지 않고 적당히 사냥을 하면서 성장해 갔다.

위드로부터 미리 들은 말이 있었던 것이다.

"전쟁이 벌어지게 되어도 절대 나서지 마라. 아르펜 왕국은 너희가 지키지 않아도 된다."

"왜 그런가, 주인."

최초의 와이번이며 장남이라고 할 수 있는 와일이가 듬직하게 물어보았다.

위드의 대답은 단순 명쾌했다.

"너희가 나서서 될 일이라면 다른 인간들이 알아서 먼저 처리할 거다. 그리고 너희가 나서야 할 정도라면 이미 무리인 상황이라는 소리니까 그냥 지켜보고 있기나 해."

나름 설득력이 있는 논리!

그리하여 와이번들을 비롯한 모든 조각 생명체들은 전쟁에 나서지 못하도록 위드에게 명령을 받았다.

위드는 그들이 전쟁과 같은 위험한 일에 나서는 것은 마치 명절에 어린아이가 친척들로부터 한 푼 두 푼 모은 돈다발을 들고 엄마한테 돈 자랑을 하는 것처럼 위험한 일이라고 보았던 것이다.

빙룡, 금인이, 누렁이, 은새를 비롯한 조각 생명체들은 그래서 아직까지 모두 무사하게 잘 있을 수 있었다.

지골라스에서 생명을 부여한 개성 있는 조각 생명체들, 그리고 조인족들까지도 모두 단 1명이 나타나기만을 기다렸다.

현 시대에 존재하는 아르펜 왕국의 건국자이며, 조각 생명체들이 따르는 국왕.

단 1명밖에 존재하지 않는 전설이란 수식어를 달고 있는 직업을 가지고, 혈통조차도 고귀한 게이하르 황제의 공식적인 후계자!

"주인이 보고 싶다, 골골골!"

"음머어어어, 분명히 몰래 맛있는 거 먹으려고 일부러 우리를 데려가지 않은 거다."

지상으로 천천히 떨어지고 있는 와중에 위드에게 새로운 메시지 창이 나타났다.

띠링!

엠비뉴 교단의 대사제 헤울러를 처단하라

헤울러는 연금술사이면서 마법사로서, 인간이면서도 늙지 않은 채로 1,000년이 넘는 세월 동안 살아왔다.

그는 엠비뉴 교단을 세상에 퍼트리면서 숱한 음모들을 이 대륙에 심어 놓았다.

이제 그 악행을 처단할 때가 되었다.

대사제 헤울러가 사라진다면 엠비뉴 교단은 아주 깊고 다시 깨어나기 힘든 암흑 속으로 돌아가게 되리라.

난이도 : 조각술 최후의 비기 퀘스트

보상 : 연계 퀘스트의 마지막 단계입니다.

퀘스트를 완수하고 나면 시간 조각술을 습득할 수 있습니다.

퀘스트 제한 : 퀘스트 도중에 무사히 살아남아야 한다.

"으아우어오! 이게 정말 끝나는 퀘스트로구나."

위드의 입에서 형용하기 힘든 괴성이 나왔다.

길고도 길었던 조각술 최후의 비기 퀘스트였다.

"시작이 절반이라고 말하는 사람이 있다면 평생 인형 눈만 붙이면서 살아 보라고 하고 싶었어. 혹은 천 리 길을 강제로 직접 걷게 만드는 것도 괜찮지."

다만 퀘스트를 마친다고 해서 어떤 식으로 시간 조각술을 배울 수 있는 것인지는 알 수 없었다.

노들레와는 조금 다른 방식으로 퀘스트를 진행했으니 중요한 정보라고 해도 모르고 지나친 부분이 생겼을 수도 있으리라.

"뭐, 아무려면 어때. 뭔가 숨겨진 이야기가 있겠지. 그리고 앞으로 쭉 몰라도 상관은 없어."

대한민국 교육과정에서 깨달을 수 있는 결과지상주의!

어떤 식으로든 시간 조각술을 얻고 나면 그것으로 대만족이었다.

지상에서는 여전히 엄청난 싸움이 벌어지고 있었지만, 위드에게는 잘 구운 양념 돼지갈비 3인분이 남은 것처럼 느껴졌다.

드래곤도 해치웠고, 엠비뉴를 따르던 그 어마어마하고 화려한 병력도 쑥대밭으로 만들어 놓은 마당에 무서울 게 뭐가 있겠는가.

"연계 퀘스트의 마지막을 남겨 놓은 것이 정말 이런 기분이로군. 노가다를 끊을 수 없는 게 이런 이유에서였어. 노가다는 배신을 하지 않아."

위드는 지상으로 천천히 내려오고 있었다. 아직도 땅까지의 높이는 최소 700미터 이상이나 떨어져 있었다.

그렇지만 들떴던 기쁨도 잠시, 돌다리도 시멘트를 발라야만 건넌다는 냉정하고 철저하기 짝이 없는 원래의 모습으로 되돌아왔다.

"이럴 때일수록 더 긴장해야 되겠지. 헛된 방심으로 인해서 마지막 순간에 실수를 할 수도 있으니까 말이지."

노력에 대한 보상을 받기 일보 직전에 실패한 악당들이 얼마나 많던가.

그들로부터 숱한 교훈을 얻었던 위드는, 다시금 정신을 바짝 차리면서 전설의 프로스트 보우 요르푸시카를 무장했다.

퓨르르르르!

위드가 쏘는 화살에서는 마치 악기를 다루는 듯한 맑은 소리가 났다. 궁술 스킬이 고급 9레벨이 되었기 때문에 소리부터가 다르다.

하지만 속사로 쏘아진 화살들은 엄청난 힘과 속도로 날아가서 사제들과 기사들의 목숨을 끊어 놓았다.

지상에 있는 엠비뉴의 신도들은 어떻게든 피하려고 했지만 그조차도 허용하지 않는 어마어마한 화살 세례!

"커어어억! 엠비뉴 신의 모든 뜻과 의지가 저자에 의해서 깨어지고 있도다."

"신이여, 우리를 구하소서!"

블랙 드래곤의 독 브레스에 의해 신앙심에 충격을 입은 사제들은 여전히 맥을 못 추고 있었다.

브레스에 약간이라도 직접 닿은 자는 그대로 소멸해 버렸고, 엠비뉴의 화신을 탄생시켜서 신성력으로 겨루던 사제들도 파괴력에 밀리며 상당히 긴 시간 동안 능력을 잃고 허둥댔다.

설혹 그러한 부류가 아니더라도 드래곤의 브레스는 적 전체에 광범위한 영향을 미쳤다.

대신전에서 독 연기가 피어나면서 적군과 아군을 가리지 않고 중독시키고 있었다.

반면 인간과 엘프 등의 포로들은 아헬른의 믿기지 않는 신성력에 의해서 바로 해독되었다.

아헬른은 위험에 빠진 이들을 치료해 주고, 축복을 걸어 주었으며, 강력한 보호 마법들까지도 걸어 줬다.

그러나 엠비뉴 교단의 사제들은 드래곤과의 전투에 한꺼번에 동원되고 피해를 입어서 정상적인 이가 드물었다.

같은 편의 중독을 치료해 주지 못하는 것은 물론이고, 자신들에게로 향하는 공격도 제대로 막지 못하고 있었다.

감옥에서 탈출한 포로들의 장비와 체력은 부실하기 짝이

없어도 넘쳐 나는 엄폐물들을 바탕으로 엠비뉴의 괴물과 기사들의 접근을 효과적으로 방어한다.

그사이에 엘프들이 화살을 쏴서 적들을 무찌르고 있었다.

"힘을 냅시다. 우리의 승리가 멀리 있지 않습니다. 조금만 더 버티면 대륙의 평화를 우리의 손으로 이룩해 낼 것입니다. 싸우고 동료들을 돌봅시다. 우리는 반드시 살아서 고향으로 돌아가게 될 것입니다!"

헤스티거가 엘프들의 대장 역할을 하며 전투를 지휘하고 격려했다.

"대제님께서는 드래곤을 상대로 승리를 거두셨다. 이런 놈들이라도 우리가 처리해야지!"

"형님, 실컷 해치웁시다."

전일과 전이는 사막 전사답게 달리면서 적 기사들을 시미터로 실컷 베어 넘겼다.

위드까지도 점점 땅으로 가까워져 오면서 화살들을 파도처럼 쏟아 내고 있었으니, 엠비뉴 교단의 병력은 어찌할 줄을 몰랐다.

풀려난 포로들이 저항을 하는데 단숨에 죽이지도 못하고, 외곽에서는 몬스터들이 끝도 없이 접근해 온다. 성지의 전면적인 파괴는 그들의 사기와 신앙심마저도 꺾어 놓을 정도로 큰 충격이었다.

대사제 헤울러가 앞으로 나서서 외쳤다.

"우리의 원대한 꿈이, 희망이 이렇게 짓밟혀서는 안 된다! 불신자들로 타락한 이 땅에서 살아가는 어리석은 놈들은 반드시 생살을 찢어서 죽이리라!"

헤울러의 외침에 엠비뉴 교단은 다시금 결속하려는 움직임을 보였다.

위드는 헤울러가 보이자 그에게 화살을 쐈다.

"이제 그만 엠비뉴 교단이 사라질 시간이다."

"환희의 영광으로 발칙한 모든 시도는 막히리라. 분쇄의 환희!"

대사제 헤울러는 브레스에 당했지만 조금은 신성력을 회복했는지 푸르스름한 빛을 발산하는 보호 장벽이 형성되며 화살을 사방으로 튕겨 냈다.

"어디까지 막을 수 있을지 시험해 볼까!"

위드는 속사와 관통 스킬을 운용하면서 화살을 계속 쐈다.

땅과의 거리가 상당히 있지만, 바람에 의해 휘어지는 것까지 감안해서 헤울러를 향해 화살을 연속으로 발사했다.

열다섯 번 정도 화살이 부딪치자 마침내 보호 마법이 유리가 깨지는 것처럼 뚫리고 말았다.

스킬과 레벨을 바탕으로 한 강력한 힘으로 보호 마법을 부숴 낸 것이다.

어떠한 저주에도 약화되지 않은 상태였고, 아헬른의 축복이 힘을 북돋아 주고 있었기 때문에 지금이야말로 최상의 신체 상태였다.

위드는 전쟁의 시대를 평정한 대제왕이며, 스스로 편할 대로 법을 세우는 무법자이고, 적들에게는 잔혹한 전사이다.

그가 힘으로 어찌하려고 하면 막을 이가 거의 없는 시대였다.

"크어억! 엠비뉴 신께서 보호하는 이 몸이 한낱 인간 따위에게……."

위드가 땅으로 점점 가까워지면서, 엠비뉴의 궁수들과 사제들의 공격이 그에게로 향했다.

하늘을 향해 폭죽처럼 지상에서 일제히 올라가는 공격들!

"눈 질끈 감기!"

노들레의 퀘스트를 진행하면서 또다시 배운 방어 스킬.

신의 갑옷도 착용하고 있는 마당이니 몸으로 때울 수밖에 없었다.

"신의 뜻을 펼치는 그대에게 끝없는 보살핌이 있으라. 신성의 수호!"

놀고먹는 게 아니라는 걸 보여 주기라도 하듯 아헬른이 보호 마법을 시전해 주었다.

-완전무결한 등급의 보호 마법이 발동됩니다.
신체의 저항력이 4분간 600% 증가합니다.
신의 갑옷이 보호 마법에 호응합니다.
최대 방어력이 4,938만큼 증가합니다.
37%가 넘는 확률로 공격을 적들에게 반사합니다.

위드의 몸에서 신성 수호의 광휘가 강하게 일어났다.

"이건 또 뭐야."

위드는 다시 눈을 떴다.

빗발치던 공격들이 그 광휘 앞에서 녹아내리고 방향을 바꾸어서 시전자들에게 되돌아가는 엄청난 광경이 보였다.

위드는 그저 지켜보고 있었을 뿐인데도 최소 1,000에 달하는 궁수들이 자신의 공격에 도리어 당해 죽거나 추수가 끝난 가을 짚단처럼 쓰러지는 모습들을 볼 수가 있었다.

저절로 콧노래가 나오는 상황이었다.

"이러면 죽기도 어렵겠군."

아헬른은 전일, 전이와 헤스티거, 포로들을 보살피는 것으로도 모자라서 위드에게도 계속 관심을 쏟고 있는 것이다.

자하브도 독불장군처럼 설치다가 저주에 휘말리고 여러 심한 부상들을 입어서 위급한 상태가 되었지만 아헬른에 의해서 깨끗하게 치료되었다.

알베론을 따라서, 조각 생명체인 알베른과 알베런을 만들어 함께 성장했지만 그들도 감히 따라오지 못할 정도의 활동량과 신성력이었다.

모든 것이 완벽한 상황.

"원래 세상으로 돌아가면 알베론에게 더 잘해 줘야겠군."

알베론을 장기적으로 부려 먹을 계획 수립!

잘 키운 성자 하나 열 부하 부럽지 않을 것 같았다.

위드가 땅에서부터 50미터 정도의 높이에 이르렀을 때에는 상당히 많은 이들이 그를 우러러보고 있었다.

카리스마와 통솔력, 명성과 명예가 더 강하게 위력을 발휘했다.

"사막의 사자들인 우리의 주인이며 대륙을 정복한 대제왕께서 드래곤을 사냥하고 내려오셨다."

"오오, 이럴 수가……! 저분의 강함은 가히 믿기지가 않을 정도다."

"신께서 이 사악한 자들을 처단하기 위해서 용사님을 보내 주신 거야."

포로들 중에서는 감격에 못 이겨 엎드려서 서럽게 우는 자도 있을 정도였다.

위드는 만만한 하청 업체를 만난 회사 악덕 부장처럼 거만하게 턱을 치켜올렸다.

잘 구운 삼겹살에 사이다를 마신 것 같은 평범한 턱 선, 아침에 늦잠을 자고 방금 일어난 것 같은 찌뿌둥한 눈매!

"잘생기셨군."

"나도 저렇게 생겼으면 따르는 여자가 끊이지 않았을 텐데."

전일과 전이가 감탄사를 내뱉었다.

옷이 날개라는 말처럼, 꾀죄죄한 차림의 포로들에게 신의 갑옷과 검을 무장하고 있는 위드는 멋있기 짝이 없었다.

특히 멀리서 볼수록 얼굴이 잘 안 보여서 찬란하기 짝이 없는 자태!

위드에게는 드래곤을 사냥한 데에 이어서 두 번 다시 경험하기 힘든 일생일대의 칭찬이었다.

그때 산통을 깨는 헤스티거의 고함 소리가 들렸다.

"긴장을 풀지 마십시오! 우리는 이들을 당연히 무찌르고 1명이라도 더 살아서 고향으로 돌아가야 합니다. 그리고 아직도 갇혀 있거나 붙잡혀 있는 사람들을 구하기 위해서라도 계속 싸웁시다!"

"물론이오!"

"우리를 구해 준 헤스티거 대장의 말을 따릅시다!"

포로들은 다시 큰 함성을 지르며 엠비뉴의 병력에 맞섰다.

꼭 필요한 순간의 절묘한 지휘이기는 했지만, 위드도 비슷한 대사를 하려고 머리를 굴리고 있었는데 기분 나쁘게도 헤스티거가 선수를 친 것.

게다가 고초를 겪으면서도 찰랑이는 은발을 자랑하는 하이 엘프를 옆구리에 붙이고 있다.

전형적인 액션 영화의 잘생긴 주인공처럼, 엠비뉴의 대신전과 같은 역경에도 불구하고 예쁜 여자까지 챙긴 것이다.

하지만 지금 이 순간만큼은, 위드도 헤스티거의 행동을 질투하지 않고 조금은 넓은 마음으로 대범하게 인정해 줄 수 있었다.

"누구를 원망할 수 있겠어. 일찍 저놈을 죽이지 못한 내

탓이라고 할 수 있지."

엠비뉴 교단이 붙잡은 포로들의 숫자는 실로 엄청났기에 지금 이 순간에도 계속 나타났다.

하늘로 오르는 탑의 건설, 신에게 바치는 제물, 마법 실험, 괴물로의 변이를 위해서 막대한 인간과 유사 종족을 잡아들였기 때문이다.

그들이 계속 땅속과 건물에서 뛰쳐나오면서 엠비뉴의 병력에 맞섰다.

엠비뉴 교단에서는 오우거를 비롯한 몬스터들도 길들이기를 하면서 개조 중이었다. 지금까지 쌓인 충격을 이기지 못하고 건물이 무너지면서 머리가 5개, 팔이 9개 달린 오우거도 벽을 부수고 등장했다.

"크와악! 내 몸을 예전대로 돌려놔라!"

오우거들은 무지막지한 힘으로 엠비뉴의 기사들을 발로 차고 두들겼다.

이렇게 여러모로 궁지에 몰리고 있었지만, 여전히 남아 있는 엠비뉴 교단의 전체 병력은 엄청났다.

드래곤으로 인한 혼란도 아직 수습되지 않았고, 조금만 더 지나면 이 일대는 영겁의 대침식에 의하여 모든 것이 사라지게 되리라.

대침식이 발생하면 지금의 소란은 말끔하게 지워지게 될 것이다.

그때를 떠올리면 위드는 당장에라도 이 지역을 벗어나서 도망치고 싶었다.

"하지만 어떻게 살아날 방법을 찾을 수도 있지. 나쁜 놈들일수록 질긴 목숨을 가졌으니 헤울러는 확실히 끝장을 내 놓아야겠지."

목표는 헤울러!

위드는 고함을 질렀다.

"나의 모든 부하들아, 똑똑히 들어라!"

"옛!"

"부르셨습니까, 주인님."

전일과 전이가 전광석화처럼 대답했다.

"말씀하십시오, 대제왕."

헤스티거는 이 와중에도 가슴에 손을 얹고 무릎을 살짝 굽히면서 멋지게 예의를 차렸다.

"이 땅에 넘쳐 나는 보잘것없는 놈들을 모두 죽이려고 할 필요는 없다. 곧 이곳은 깨끗하게 사라지게 될 테니, 그 전에 모두 저 대사제 헤울러를 노려라!"

"알겠습니다. 가자!"

사막 전사들은 말을 듣자마자 곧바로 잔해들과 적들을 뛰어넘어서 헤울러에게로 진격했다.

앞뒤 가리지 않는 것 같은 돌격은 사막 전사들의 주특기!

위드는 이제 더 이상 시간을 끌지 않고 전투를 마무리 지을 시점이라고 여겼다.

"우리를 넘어가진 못한다!"

"그건 너희 생각이고!"

전일, 전이, 헤스티거는 엠비뉴의 기사들을 단칼에 쓰러뜨리고 돌파했다.

위드의 명령이 떨어지자마자 진정한 실력을 완전히 발휘하면서 속도를 높인 것이다.

엘프들도 화살과 정령술로 그들의 앞길을 견제해 줬다.

다만 아무래도 팔이 안쪽으로 굽는다는 말처럼, 헤스티거를 더 신경 써 주는 부분은 있었다.

"내 차례로군!"

위드는 아헬른을 힐끗 보았다.

"저기……."

"걱정 말게!"

아헬른은 마치 위드의 마음속을 훤히 들여다보기라도 한 듯이 신체 강화의 축복을 새로 걸어 주고, 하늘을 달릴 수 있는 마법까지 부여해 주었다.

식당에 가서 주문을 하기도 전에 아줌마가 돼지갈비 3인분에 냉면까지 가져다주는 격이었다.

The Legendary Moonlight Sculptor

노들레의 최후

위드는 하늘을 박차고 헤울러를 향하여 뛰어갔다.

전장에서 가장 중요하며 엠비뉴의 신탁까지 내려왔을 정도로 위험한 인물이다 보니 수많은 마법 공격들이 달려가는 그에게 쏟아져 왔다.

신의 갑옷은 날개를 펼치듯이 넓게 불어나서 그런 공격들을 감싸서 흐트러트리거나 거꾸로 튕겨 냈다.

하늘을 거의 비행하는 속도로 이동을 하니, 뒤늦게 출발했어도 사막 전사들보다도 먼저 헤울러 가까이에 도착했다.

헤울러의 옆에는 참악의 사제를 비롯하여 노탕테의 의형제들까지 있었다.

"크후후, 저런 자를 막아야 하다니……. 여기가 우리가 죽을 자리인가?"

"형님, 먹은 것이 많으니 이제 와 빠져나갈 수도 없지 않겠습니까?"

노탕테의 의형제.

이름이 가진 의미는 별게 아니라, 노탕테라는 작은 마을에서 비슷한 시기에 태어나서 온갖 패악을 저지른 자들이었다. 그래도 전쟁의 시대에는 6명의 엄청난 검사들로 이름을 날렸다.

지닌 무력은 대단하여 인간 중에서 서열을 매긴다면 충분히 100명 내에 들 정도였지만 인신매매, 도둑질, 식인 등의 습성을 가진 포악한 자들이었다.

중앙 대륙에서 활개를 치다가 엠비뉴 교단에 포섭이 된 것이다.

물론 인간 중에서 100위 내라고는 해도 어디까지나 중앙 대륙에 국한된 서열!

남부 사막지대에서는 위드로 인하여 어지간히 강해서는 상위 서열의 실력자로 들어가기가 힘들다.

사막의 붉은 칼 부대는 말 그대로 최고의 정예로서, 중앙 대륙의 기사단조차도 식후의 운동거리도 되지 못하고 간단히 도륙 날 정도였다.

현재의 위드에게는 노탕테의 의형제들이나 막 숲에서 튀어나온 고블린이나, 별다른 의미도 없다.

"종말의 날!"

위드는 쓸 수 있는 가장 강력한 스킬 중 하나를 바로 사용했다.

붉은 화염의 기운이 해일처럼 일어나면서 헤울러를 비롯한 사제들을 한꺼번에 덮쳤다.

노탕테의 의형제들은 닿는 것만으로도 허무하게 소멸!

"불의 공격인가. 어림도 없다. 엠비뉴께서 허락하시지 않으리라. 태초의 가호."

참악의 사제들은 집단으로 신성 마법을 외워서 저항을 했다.

강력한 불의 해일이 보호막에 의해서 잠시 머뭇거렸다.

산과 들, 숲, 성벽과 도시를 태울 수 있는 가공한 불길도 신성력 앞에서는 맥없이 저지당한 것이다.

하지만 종말의 날은 그 위세를 더욱 크게 떨쳐 올렸다.

신성력의 보호 장벽이 앞을 가로막고 있다고는 하나 탐욕스러운 불길은 수십 미터 이상 더 크고 높아져서 잡아먹을 듯이 사방을 뒤덮었다.

신의 검이 공격 스킬의 위력을 훨씬 강화해 주었기 때문이다.

"겨, 견딜 수가……."

"이런 공격은……."

종말의 날에 뒤덮이지 않았는데도 사제들의 몸이 불길에

휩싸였다.

보호막으로 직접적인 공격은 막았다고 해도 그 열기에 의해서 발화가 일어나 버리고 만 것이다.

종말의 날의 불길은 보호막이 더 열어진 만큼 성큼 더 가까이 다가섰다.

기를 쓰며 버티던 사제들의 생명력은 속절없이 계속 낮아졌다.

땅과 바위까지도 녹아내리는 초고열!

보호 마법이 약화되면서 땅에서도 불길이 솟구치며 사제와 기사, 범위 내의 모든 적들의 목숨을 차례로 거두었다.

"너희는 저놈을 막아라. 내가 살아 있는 한 엠비뉴의 뜻은 계속 이 땅에 펼쳐질 것이다."

헤울러는 상황이 틀렸다고 생각했는지 뒤돌아서 달리기 시작했다.

부하들을 방패막이 삼아서 도망치려는 속셈이 분명했다.

띠링!

-퀘스트에 중요한 분기점이 발생했습니다.
헤울러가 무사히 도망치게 되면, 그를 붙잡아서 소멸시킬 때까지 퀘스트가 계속 이어지게 됩니다.

위드를 향해서 호위 기사들이 뛰어들었다.

엠비뉴의 다른 기사들보다도 수준이 높은 레벨 500대,

600대의 강자들.

노들레였다면 상당히 고전하며 이들과 분투를 했을 테지만, 위드는 사막의 대제왕이었다.

"다른 하나의 검, 흑기사의 일격!"

검술 마스터 스킬을 사용한 후 그들 사이를 지나쳤다.

소환된 검은 무시무시한 속도로 기사들을 베고 공격을 막고 하더니, 광역 공격 스킬인 흑기사의 일격을 작렬시켰다.

"크으윽!"

위드가 지나가고 난 이후에 엠비뉴의 기사들이 쓰러지고 튕겨 나갔다.

풍비박산을 내 버리는 전투력.

그들의 목숨이 거두어졌거나 말거나 위드에게는 별로 상관이 없다.

그의 목표는 오로지 헤울러였다.

헤울러는 로브를 휘날리면서 뛰고 있었지만, 사제인 이상 그 속도는 빠르지 못할 테니 금방 따라잡을 수 있을 것 같았다.

"신도들은 들어라! 나를 쫓아오는 저놈을 막는 자에게는 엠비뉴의 푸짐한 포상이 있으리라!"

"명령을 따릅니다!"

호위 기사들이 벌 떼처럼 위드에게 몰려들었다.

신성력을 상실한 사제들까지도 위드를 막기 위해서 몸을

던졌다.

"여긴 저희가 처리하겠습니다. 대제왕님께서는 어서 놈을 잡으십시오!"

전일과 전이가 달려와서 시미터를 휘두르며 길을 뚫었다.

위드와 헤스티거는 달리는 속도를 유지한 채 그대로 전진했다.

헤울러는 대형 전투 괴물들 사이로 들어갔다.

쿠오워어어!

괴물들 너머에, 지하 통로의 입구가 커다랗게 입을 벌리고 있었다.

"여긴 제가 맡겠습니다."

"알았다."

헤스티거가 괴물들을 상대하는 사이에 위드는 또다시 돌파!

그러나 억지로라도 덤벼드는 괴물들로 인하여 몇 초 정도의 시간은 지연될 수밖에 없었다.

전사인 위드에 비할 바야 아니지만, 헤울러도 신성력을 발휘하고 있기 때문에 그 속도는 거의 육상 선수들만큼이나 빠르다.

"엠비뉴 교단의 원수들! 이 세상을 파괴하기 위한 꿈은 아직 끝나지 않았다. 다시 돌아와서 너희 모두를 끝을 모르는 절망의 구렁텅이로 넣어 주리라."

이대로 헤울러가 지하 통로로 들어가 버리면 또 무슨 일이 벌어지게 될지 모를 일.

잠적이라도 하게 된다면 퀘스트의 달성을 위해 몇 개월의 시간을 더 보내야 할 가능성이 높다.

"안 돼!"

위드는 전력을 다해서 뛰었다.

적들을 돌파하며 빠르게 가까워지고는 있었지만 통로로 들어가는 것까지는 막지 못할 것만 같았다.

위드와의 거리는 약 40미터 이상이 남아 있는데 헤울러가 통로 입구까지 도달하는 데 남은 거리는 불과 2~3미터!

설상가상으로 통로 입구에서 엠비뉴의 기사들이 잔뜩 경계를 서고 있었다.

"놈을 막아라!"

"옛!"

위드는 기사들까지 뚫고 지하 통로로 들어가야 할 판!

스르릉.

엠비뉴의 기사가 칼을 뽑더니, 갑작스러운 상황의 반전이 이루어졌다.

그가 헤울러와 동료인 다른 기사들을 베어 버린 것이다.

"크어억! 어떻게 나를……."

"이때를 기다렸다! 대제님, 오실 줄 알고 기다리고 있었습니다."

엠비뉴의 기사가 투구를 올리자 한쪽 눈꼬리만 축 처진 조각 생명체 전삼의 얼굴이 드러났다.

전삼은 엠비뉴 교단에 잠입하여 경계 근무만 전문적으로 서다가 전투가 벌어지고 난 후에는 퇴로에 배치되어 지키고 있었던 것이다.

"이것이 사막의 칼이다. 뜨거운 모래바람의 검!"

전삼이 칼을 풍차처럼 돌리면서 헤울러를 베었다.

뜨거운 모래바람의 검은 숙련도가 빨리 늘어나지는 않지만 계속 한 가지의 검술만 쓴다면 나중에는 확실하게 성과를 볼 수 있다.

사막 전사들은 기본적으로 이 검술을 마스터의 경지까지 익혔다.

헤울러에게 스무 번 이상의 칼질을 하였을 때, 이미 전삼 또한 엠비뉴의 기사들에게 완전히 포위된 상태에 놓여 있었다.

하지만 기사들의 공격을 몇 대 맞기도 전에 위드도 도착했다.

"넘실거리는 화염 각인!"

위드를 중심으로 하여 거센 불길이 일어나서 기사들의 몸에 달라붙었다.

특정한 적을 만나면 방어 역할도 하지만 그보다는 약한 적들을 효과적으로 대량 살상할 수 있는 기술!

엠비뉴의 기사들이 제법 강하다고는 해도, 그것은 보통을 기준으로 할 때였다. 저주에 휩싸이지 않은 상태인 위드의 눈에 비친 엠비뉴의 기사들은 그냥 적당히 때려잡고 잡템을 얻을 수 있는 상대일 뿐.

기사들은 저항하지도 못하고 몸이 불덩어리가 되었다.

위드를 중심으로 하여 공격을 하려다가 활활 불에 타 버리는 기사들의 모습도 압도적인 장관이었다.

그리고 헤울러!

"오늘이, 아니 1분 후가 너의 최후다!"

위드는 이 순간만큼은 양보할 수가 없었다.

드래곤을 상대할 때보다도 최선을 다해야 할 순간.

"달빛 조각 검술!"

헤울러가 어떤 방어 스킬을 사용하고 있을지 모르기에, 공격 수치는 낮아도 저항 능력을 무력화시키는 달빛 조각 검술을 사용했다.

위드의 손에서 검이 오랫동안 가지고 놀던 장난감처럼 빙글빙글 돌면서 휘둘렀다.

그림과도 같은 수십 차례의 연속 베기 공격.

-달빛 조각 검술이 신성 보호 마법, 참회의 여죄를 뚫고 적의 몸에 적중했습니다. 원한이 깃든 비명들이 모여서 피해를 감소시키려고 하지만 힘에 의해 강제로 무력화됩니다.
생명력을 15,492 감소시킵니다.

"크웨에엑! 영혼을 갉아 내는 아픔이다!"

"역시 직접 전투 능력은 별것 아니로군!"

-연속 공격이 5회 성공했습니다.
헤울러가 착용하고 있는 로브를 파괴하여 내구도를 26%로 만들었습니다.

-치명적인 일격!
통렬한 일격!
헤울러의 생명력을 9% 감소시킵니다.

엄청난 공격을 집중시켜야 했던 드래곤과는 달리 헤울러는 때리면 때리는 대로 다 맞았다.

-엠비뉴 교단의 고위 마법, 생명 흡수가 발동되고 있습니다.
헤울러가 반경 300미터의 생명체로부터 생명력을 흡수합니다.
신성력으로 이를 저항합니다.
헤울러가 다른 생명체들로부터 강제로 생명력을 흡수하여 42,482의 피해를 회복합니다.

"좀비가 따로 없군!"

위드가 검으로 베어도 헤울러의 생명력은 매우 빠른 속도로 다시 채워졌다. 엠비뉴의 기사들로부터 생명력이 강제로 추출되어서 헤울러에게로 붉은 선이 이어져서 전해지는 것이다.

그냥 집단 전투를 치렀다면 다른 사제들의 도움도 받을 테니 절대 죽이기 힘든 보스 몬스터 중의 하나이리라.

“내가 언제까지 당하고만 있을 줄 아느냐. 억눌리고 뒤틀려서 나뉘리라. 제물의 단절!”

-토르 신의 갑옷이 저주 마법을 중화시킵니다.
육체가 뒤틀리는 것을 막고, 누르는 힘에도 저항합니다.
약간의 영향을 받아서 생명력이 4,929 감소합니다.

헤울러가 지팡이를 들어서 저항을 해도 위드에게는 심각할 정도로 큰 타격은 없었다.

“금방 회복된다니 재밌군. 나도 한두 대 때려서는 지금까지 고생한 분이 안 풀릴 것 같던 참이었어. 대미를 장식하기 위해서라도 죽을 때까지 패 주마!”

위드가 잡은 신검이 헤울러를 현란하게 가르고 베었다.

공격을 당할 때마다 충격에 의해 물러서는 헤울러를 그림자처럼 따라붙으면서 연속 공격을 했다.

크고 작은 공격들을 번갈아 이어 나가면서 중간중간 틈날 때마다 스킬도 다양하게 작렬시켰다.

아예 작정하고 패기로 결심을 한 것이다.

찬란한 광채를 뿌리는 검이 휘둘리는 장면은 멋지다는 말로도 부족할 정도였다.

“모든 기사들이여, 대사제님을 구출하여야 한다.”

“어림없다! 우리가 막을 것이다. 대제님, 어서 처리하십

시오!"

전일, 전이, 헤스티거, 부하들까지 와서 헤울러를 구하려는 엠비뉴의 기사들의 시도를 저지했다.

"솟구치는 용암 줄기!"

위드는 자신의 몸을 중심으로 일정 반경에서 용암이 솟구치게 하여 기사들이 끼어들지 못하도록 막았다.

헤울러를 지하 통로의 입구로부터 멀리 떨어지게 하는 데에도 성공했다.

"으으윽, 나의 원대한 꿈이 이렇게 끝날 수는……."

"내 밥그릇을 건드린 것이 너의 실수다."

-군신 토르의 검이 헤울러의 몸에 신성 타격을 입혔습니다.
일시적으로 상대방의 신성력을 267만큼 감소시킵니다.
신성 마법의 위력을 6% 낮춥니다.
상대가 악신을 신봉하고 있기 때문에 영구적으로 29만큼의 신앙심을 상실하게 만듭니다.
생명력을 73,399 감소시킵니다.

위드의 공격이 만들어 내는 엄청난 피해!

헤울러는 생명 흡수로 꾸준히 신체를 회복시키고, 방어 마법으로 버티면서 도망치려고 했지만 벗어날 수가 없었다.

그리고 하늘이 붉게 타올랐다.

땅이 진동하기 시작했다.

"제자리에 가만히 서 있는데도 세상이 움직이고 있어."

"이 어마어마한 마나의 흐름은……. 끝났어! 우린 모두 죽는 거야!"

"아아아, 페니! 너를 만나지도 못하고 고문만 당하다가 이렇게 죽는구나."

모두가 그 자리에 서 있음에도 불구하고 땅이 강처럼 흐르면서 가까워지거나 멀어진다.

건물이 갑자기 코앞으로 다가왔다가 지나가기도 했다.

위드는 영겁의 대침식이 이 지역에 변화를 일으키고 있다는 것을 느꼈다.

물론 대침식이 벌어지고 있더라도 가까이 붙어 있는 헤울러를 놓칠 리는 없었다.

"그만 끝낼 시간이야."

"이렇게는… 이렇게 끝날 수는 없어!"

지속적인 생명 흡수에도 불구하고 헤울러의 생명력은 계속 감소했다.

주위의 엠비뉴의 기사들이 위드의 부하들에 의해서 죽어나갔기 때문이다. 부상을 입은 기사들은 헤울러에게 생명을 바치고 나서 목숨을 잃었다.

그렇게 헤울러의 주변에 살아 있는 생명들이 드물게 되자 위드의 막강한 공격력에 버티지 못하고 급속도로 무너져 갔다.

길고 길었던 퀘스트가 드디어 마지막을 앞두고 있었다.

이 화면을 지켜보고 있을 수천만 명 이상의 시청자들을 위한 겉멋을 부릴 만도 했지만, 위드의 검은 가차 없었다.

"살려 다오. 그러면 지금까지 모은 모든 재물과 아무도 손에 넣지 못한 어마어마한 힘을 넘겨주겠다."

-엠비뉴 교단의 대사제 헤울러가 목숨을 구걸하고 있습니다.
그의 제의를 받아들인다면 산더미 같은 재물과 영원히 영혼에 귀속되는 엠비뉴의 네 가지 권능을 획득할 수 있습니다.
헤울러의 제의를 수락하시겠습니까?
대신 현재 진행 중인 퀘스트는 실패하게 됩니다.

"싫다. 들을 가치도 없어!"

-제의를 거부하셨습니다.
명성이 14,292 올랐습니다.
신앙심이 17만큼 증가합니다.

커다란 유혹에도 굳건하게 흔들리지 않았다.

즉석에서 현찰을 꺼내 눈앞에서 흔들었다면 든든한 동료를 얻을 수도 있었겠지만, 말로만 구슬리려고 한 것이 헤울러의 크나큰 실책.

막대한 헤울러의 생명력은 시간이 지날수록 더욱 급격하게 줄어들었다.

두들겨 맞고, 피하려고 하다가 더 맞고.

위드는 그동안 고생했던 모든 한을 담아서 헤울러를 때리고 베었다.

"크어어억! 수백 년을 살아온 내가 이렇게 허무하게 지다니. 이 세상의 모든 불균형과 일그러짐을 없애려고 했는데……."

"대사제님!"

엠비뉴의 기사들이 계속 덤벼들었지만 위드의 부하들에 의해서 막혀 버리거나 솟구치는 용암 줄기에 의해 사라졌다.

그리고 마침내 헤울러의 몸에서 새까만 에너지 덩어리가 마구 뿜어져 나오기 시작했다.

신성 마법의 보호 능력이나 생명력이 한계에 달했다. 견디지 못하고 몸이 붕괴되는 것이다.

급속도로 노화가 이루어지면서, 한창때의 중년에 불구하던 헤울러의 팽팽한 얼굴에 검버섯과 깊은 주름이 생겨났다.

새까만 에너지들이 한참 튀어나오고 나서, 마지막은 헤울러의 몸에서 엠비뉴의 화신을 닮은 영혼이 빠져나갔다.

-이걸로 끝난 것은 아니다. 기회가 있다면… 언제고 다시 돌아와서 이루지 못한 꿈을 달성하리라. 크하하하하하하!

-엠비뉴 교단을 이끌어 온 대사제 헤울러가 용사에 의하여 영원한 안식에 들어갔습니다. 그의 영혼은 지옥으로 가서 자신이 저지른 일만큼의 고통을 맛보게 될 것입니다.

-명성이 32,291 올랐습니다.

-위험한 전투에서 살아남음으로써 생명력의 최대치가 1,200 증가하였습니다.

-모험의 성공으로 전 스탯이 5씩 늘어납니다.

-신이 부여한 임무를 성공적으로 수행하였습니다. 현재 가지고 있는 신앙 스탯이 11% 증가합니다.

-헤울러의 마력이 사라진 지팡이를 획득하셨습니다.

-원통한 바지를 습득하였습니다.

엠비뉴 교단의 대사제 헤울러를 처단하라 완료

일그러진 마음과 지독한 탐욕에 사로잡혀 있던 헤울러는 목숨을 잃었다.

용사가 세운 업적은 역사의 흐름을 새롭게 바꿔 놓을 정도이지만, 척박한 땅에서 벌어진 사건은 외부에까지 알려지지는 않을 것이다.

혹시 모른다, 후세에 어떤 모험가가 오늘 벌어진 사실들을 밝혀내게 된다면, 묻혀 있던 진실이 깨어나고 용사는 성낭한 존경을 받을 수 있으리라.

보상 : 모험가의 발견이 있으면 명성과 권위, 지배의 증표와 관련된 아이템을 얻을 수 있습니다.

-시간 조각술과 관련된 조각술 최후의 비기 퀘스트는 노들레와 힐데른의 마지막 이야기로 이어지게 됩니다.

-엠비뉴 교단은 대사제를 잃어버림으로써 힘을 잃었습니다. 그들은 역사의 작은 파편으로 사라지게 될 것입니다.

"이것은 정말……."

위드는 한동안 말을 이을 수가 없었다.

지금까지 진행해 오며 자신조차도 성공을 믿지 못했던 퀘스트의 완수.

나무를 깎아 푼돈을 벌며 시작했던 조각사로서 드디어 직업 최후의 비기까지 달성해 낸 감동이 한순간에 밀려왔다.

앞으로 베르사 대륙의 역사는 다시 또 위드에 의해서 뒤바뀌게 될 것이다.

"적들의 수장이 죽었다!"

"우리는 승리했다. 만세!"

포로들이 외치는 함성 소리도 들렸다.

엠비뉴 교단의 어마어마한 병력, 기사들과 사제들은 망연자실한 채로 주저앉았으며, 특수한 마력에 의해서 움직이던 괴물들은 일제히 힘을 상실하고 땅바닥에 쓰러졌다.

외곽에서는 끝을 모를 몬스터들이 대신전의 곳곳에서 흘러나오는 마력을 먹어 치우려고 아귀처럼 달려왔다.

이 모든 복잡한 상황들을 떠나서 위드는 땅을 내려다봤다.

바퀴벌레, 개미와 같은 녀석들이 새까맣게 기어 다녔다.

땅이 마치 종잇장처럼 구겨지며 치솟아 오르고 푹 꺼지고 있다.

밀물과 썰물이 흘러가는 순간처럼 땅이 움직이면서 사람과 건물이 맞부딪치고 으깨졌다.

"떠나야 할 시간이군."

헤울러와의 전투는 그렇게 긴 시간은 아니었지만 어느새 땅 전체가 들썩이면서 움직이고 있었다.

"이렇게 계속 움직인다면 여긴 완전히 끝장이 나겠지."

대륙을 사악한 엠비뉴 교단으로부터 구한 용사.

위드는 그 여운을 만끽하기보다는 당장 튈 생각부터 했다.

물론 함께 고생을 해 준 부하들이 기특하고 아깝기는 했다. 조각 생명체들이 없었다면 사막에서의 폭풍 같은 성장도, 중앙 대륙을 정복하는 일도 전부 불가능했으리라.

그간 쌓인 정 때문에라도 한마디 정도는 해 주려고 했다.

'각자 살길은 알아서 찾아보자꾸나!'

위드가 막 마지막 외침을 터트리고 도망치려는 순간이었다.

"모두 이쪽으로 모이시오. 적의 수장이 죽으면서 이곳을 감싸던 어둠의 마력도 약해지고 있소. 여기는 위험하니 탈출합시다."

성자 아헬른이었다.

다행인지 불행인지, 그 덕에 용사가 마지막 체면을 구길 일은 일어나지 않았다.

아헬른이 두 팔을 벌리자 새하얀 신성력의 빛이 넓게 퍼지면서 출렁거렸다.

아마도 메마른 울부짖는 폐허까지 왔던 것처럼 순간 이동을 하려는 듯한 느낌이었다.

엘프와 드워프가 모여드는 것부터 시작해서, 살아남은 포로들이 전부 아헬른에게 다가갔다.

위드도 이러한 일에는 절대 뒤처지지 않아서, 1등으로 이미 도착해 있었다.

위드를 향하여 포로들이 감사의 인사를 올렸다.

"대제님, 수고하셨습니다."

"기적 같은 승리입니다. 야바크의 전사로서 함께 싸운 것을 영광으로 생각합니다."

"이베인, 그대의 복수를 드디어 하였다오."

자하브와 헤스티거까지 도착하는 것으로 함께 왔던 동료와 부하 모두가 살아남아 모였다.

적들로 가득한 대신전에서는 놀라운 일이었지만, 위드의 표정은 그다지 썩 반갑지 않았다.

헤스티거의 옆에 하이 엘프가 3명이나 착 달라붙어 있는 걸 봤기 때문이다.

아마도 그 잠깐 사이에 그의 매력에 이끌린 엘프들이 더 늘어난 모양!

"이제 떠나겠소!"

"고향으로 돌아갑시다."

"흑흑, 이 지옥 같은 곳에서 살아서 돌아갈 수 있다니……."

아헬른의 손에서 터져 나온 빛이 위드와 부하들, 살아남은 수백 명을 한꺼번에 감쌌다.

잠시 후 그들은 그 자리에서 모두 사라졌고, 엠비뉴 교단의 잔여 병력은 자신들을 공격하던 몬스터들과의 전투를 지속했다.

쿠르르르르릉!

짧은 시간이었지만 많은 일이 벌어졌던 대신전의 건물들은 무너지고 쓰러져 갔다.

위드가 떠나고 난 이후로도 엠비뉴의 교도들과 몬스터들은 뒤엉켜 가며 전쟁을 멈추지 않았다. 하지만 곧 땅이 소용돌이치면서 깊고도 깊은 지하로 빨려들어 가기 시작했다.

그 흡입력 앞에 땅 위에 있는 모든 생명과 건물이 사라지고 난 이후, 그곳에는 끝을 알 수 없는 거대한 구멍만이 남게 되었다.

아헬른을 통해서 순간 이동을 한 위드는 또 어디선가 전투를 치를 준비를 하기 위해서 검을 꽉 쥐었다.

신검은 절대 놓치지 않겠다는 단호한 의지!

철썩.

까악. 까아악.

위드가 등장한 장소는 평화로운 갈매기 소리와 파도 소리가 들리는 바닷가였다.

'여긴…….'

위드에게는 몸이 느껴지지가 않았다.

땅을 밟고 있는 것이 아니라 유령처럼 공중을 날아다니고 있었다.

손에 쥐고 있던 신검도 어느새 사라졌고, 착용하고 있던 신의 갑옷도 마찬가지.

하지만 햇볕은 따스하고, 보석 알갱이들이 깔려 있는 백사장은 한 점의 긴장감도 떠올릴 수 없을 만큼 너무나도 한가했다.

위드는 주위를 둘러보다가 나무로 지은 작은 집을 발견하고 천천히 다가갔다.

중년 커플이 생선 요리를 먹고 있었다.

"고소하니 맛있군. 과연 힐데른, 당신 요리 솜씨는 훌륭해."

"고마워요."

퀘스트의 주인공이었던 노들레와 힐데른이었다.

'도대체 뭐지, 영화처럼 그냥 지켜보면 되는 건가?'

전쟁의 시대에 인간이 겪을 수 있는 어마어마한 고난을 경험하며 성장하여 엠비뉴 교단까지 퇴치했다.

그 후로 노들레와 힐데른은 고향을 잊지 못하고 바닷가 근처에 정착한 것으로 보였다.

'음, 저 생선구이는 놀랍군. 처음에는 검게 탄 고구마인 줄 알았는데…….'

생선구이는 씹을 때마다 과자처럼 바삭거리면서 부서져 내렸다.

음식 투정을 하고도 남을 상황이었지만, 노들레는 실로 맛있게 먹었다.

그렇게 식사를 마친 둘은 해변가로 가서 한가로이 낚싯대를 드리웠다.

그사이 집 주변을 돌아보니 돌멩이를 쌓아서 거친 바닷바람을 막아 만든 작은 밭이 있었다.

'바다의 방향이나 해안선을 볼 때는 대륙 동부 쪽인 것도 같은데. 북동 해안에 가깝겠어.'

퀘스트에 시달리다 보니 본능적으로 이루어지는 지형 파악은 필수!

몬스터들이 근처에 있는지도 살펴보았지만, 워낙에 날짐승도 별로 돌아다니지 않는 평화로운 해변가였다.

10분 정도를 돌아다니다 보니 갑자기 해가 저물었다.

'이상하군. 조금 전까지만 해도 정오 정도인 것 같았는데.'

노들레와 힐데른의 집에도 불이 켜졌다가 잠시 후에 꺼졌다.

아우우우우!

먼 곳 어디에선가 늑대들이 우는 소리가 들리긴 했다.

'이게 뭐 하자는 것인지…….'

밤하늘의 별들을 보면서 잠깐 기다리니 저 멀리 바다에서 태양이 떠올랐다.

장엄한 일출!

바다에서 솟구치는 해는 어느새 자욱하게 낀 안개를 사라지게 했다.

일출을 보는 것도 위드에게는 상당히 익숙한 일이었다.

옛날에는 산동네에서 우유와 신문 배달을 하면서 빌딩 숲을 뚫고 떠오르는 해를 봤고, 베르사 대륙에서는 밤샘 사냥을 하고 나서 잡템을 가득 주워서 도시로 돌아오면서 일출을 보곤 했다.

가득 찬 배낭의 묵직함을 흐뭇하게 만끽하며 적당한 손님에게 바가지를 듬뿍 씌워서 팔아먹을 생각을 할 때의 그 뿌듯함이란, 밤새 쌓인 피로까지도 말끔히 씻어 줄 정도였다.

그리고 화창한 해변가의 하루가 다시 시작되었다.

나무집에서는 노들레와 힐데른이 나와서 해산물을 채집하기도 하고 토끼 같은 동물을 잡아서 음식도 만들었다.

보석처럼 빛나는 햇살과 끊이지 않고 밀려오는 파도.

다시 저녁이 되어서 어두운 밤하늘에 별들이 가득 수를 놓고, 그다음 날의 태양이 떠오른다.

너무나도 평온한 일상이 흐르고 반복된다.

'이게 도대체 뭐 하자는 짓인지.'

위드는 열흘 정도를 멍하니 지켜보았다.

시간상으로 따지고 보면 불과 30분 정도일까, 그렇게 길지도 않았다.

처음에만 해도 주변에 어떤 위험한 존재가 있는지를 살피고 혹은 보물이라도 숨겨져 있는지 관찰했다. 노들레와 힐데른이 이곳에서 살아가는 이유가 어쩌면, 만의 하나, 보물을 감춰 두기 위함일 수도 있지 않겠는가!

딱 위드 수준의 생각이었다.

하지만 그들은 그냥 하루하루를 감사하면서 보낼 뿐이었다.

어딘가 숨겨 놓았을지도 모를 보물에도 관심이 없고, 세상에 나가서 권력을 탐내지도 않는다.

위드보다는 못하지만 노들레 정도의 검술 실력이라면 어느 왕국에 가더라도 한자리는 무난하게 차지할 수 있었다. 야심을 조금 키운다면 국왕이 되는 것도 별로 어렵진 않으리라.

"우리에게 이런 날이 올 줄은 몰랐군."

"지금이 가장 행복해요."

그들이 함께하게 되기까지 온갖 역경이 있었던 만큼 더 소중한 시간들을 보냈다.

무엇을 더 얻으려고 하지 않고 현재의 자리에 머무른 채 세상에서 가장 사랑하는 연인을 웃으면서 바라보고 있는 것이다.

하루, 이틀, 1달, 2달.

시간의 흐름은 더욱 빨라졌다.

매일의 일상은 거의 비슷하게 반복되었다.

조각술 최후의 비기 퀘스트 마지막 단계에서는 그저 노들레와 힐데른이 편안하게 살아가는 모습을 보여 주고 있을 뿐이었다.

'여기서 어떤 장면을 놓치면 안 되는 거 아닐까? 이놈들이 시간 조각술을 감춰 놓고 나서, 나중에 다시 찾으러 와야 하는 걸까. 그래서 발굴에 성공하면 익힐 수 있는 것일지도.'

위드는 의심으로 가득 차서 그들의 행동들을 계속 외우고 분석했다.

봄, 여름, 가을, 겨울.

계절이 바뀌고 세월이 지나면서 노들레와 힐데른도 나이를 먹었다.

그들이 보로타 섬에서 사랑을 속삭이던 때는 청춘 남녀였지만 대륙을 횡단하고 사막에서 살아가는 동안 이미 조금은 나이가 들었다.

젊어서는 미남의 표본이라고 할 만큼 잘생겼던 노들레의 얼굴에는 상처 자국도 많았다.

젊음은 한때이지만 그들은 더없이 소중한 추억을 일구며

살아갔다.

시간은 더 빨리 흘러서, 그들은 노인으로 변해 갔다.

매일이 지나는 것이 아니라 때때로 1달이나 6개월, 눈으로 보고 있는 도중에도 계절이 두세 번씩 순식간에 바뀌었다.

장작을 한 짐씩 짊어지고 다니던 노들레는 점점 노쇠해지고 미모를 뽐내던 힐데른은 허리도 굽어졌다.

위드는 그들의 변화를 보면서 비로소 한 가지를 느낄 수 있었다.

노들레와 힐데른의 행복.

'보기는 좋아 보이는군. 그래도 설마 이거, 흔해 빠진 옛날 동화책처럼 엠비뉴 교단을 물리친 노들레와 힐데른은 행복하게 잘 살았습니다는 아니겠지?'

해변가에는 폭풍이 오기도 하고 눈이 내리기도 했다. 그때마다 경치는 일품이었지만, 정작 살기에는 불편하다.

노들레와 힐데른은 노인이 되어서도 서로에게 의지를 하면서 도움을 주고받으며 살아갔다.

그 모습이 위드에게는 가슴 찡한 감동으로 다가왔다.

'저게 사랑이란 말이지.'

일찍 돌아가신 부모의 품은, 이제는 아득하니 기억이 잘 나지 않았다.

엄마와 아빠의 사랑을 보면서 살지 못했기에 모르는 부분이 많다.

사랑이란 기쁨보다는 막대한 책임감에 의해 겁이 나는 것도 사실이었으니까.

서윤과 정식으로 연인이 되기로 한 것도 아니지만, 서로의 마음을 어느 정도 알고 이제는 받아들이기로 한 것도 그동안 많은 일을 함께 겪어 왔기 때문이다.

'나도 행복한 가정을 이루고 살 수 있을까? 세상에는 정말 누구나 다 하는 것들도 정작 내 일이 되면 복잡한 게 많아. 평범한 가정을 이루고 사랑하면서 사는 것. 참 힘들지.'

그렇게 시간이 계속 흐르고, 주어진 시간이 다 되어 가는 것이 느껴졌다.

두 사람은 이미 세월의 흐름에 의해 죽음을 앞둔 노인이 되어 있었다.

먼저 눈을 감은 쪽은 힐데른이었다.

그녀는 자신의 죽음을 알고 있기라도 하는 것처럼 직접 예쁜 옷을 짜서 입고 눈을 감았다.

"미안해요. 먼저 갈게요."

후회도 없는 담담한 죽음!

노들레는 집 뒤에 무덤을 만들고 그녀를 묻어 주었다.

그리고 다시 흘러가는 시간.

노들레는 혼자서 밥을 먹고 청소도 하고 낚시도 하면서 살아갔다. 그녀를 떠나보내고 아쉬울 수도 있겠지만, 평소처럼 삶을 살아갔다.

더없이 쓸쓸한 광경이기도 하지만 노들레는 가끔 중얼거렸다.

"정말 재미있는 삶이었어."

힐데른을 선택하여 그가 잃어버린 것은 많았다.

보로타 섬에서의 명가의 후계자로서의 지위나 재력을 버리고 떠돌이가 되었고, 목숨을 위협하는 수많은 위기를 경험했다.

그럼에도 불구하고 노들레는 자신이 선택한 삶, 스스로가 원하는 행복을 위해서 살았다.

아무것도 이루지 못했지만, 원하는 모든 걸 이룬 남자!

노들레는 힐데른의 무덤가 옆에서 조용히 눈을 감았다.

이것으로서 모든 것이 다 끝난 줄 알았지만 그렇지 않았다.

노들레의 몸과 힐데른의 무덤에서 새끼손가락처럼 작은 빛이 하나씩 튀어나오더니 연인처럼 서로 뒤엉키면서 하늘로 솟구치는 것이었다.

빛은 깊고도 넓은 밤하늘로 올라가서 서로 구분하기 힘들 정도로 딱 붙었다.

노들레와 힐데른의 별!

사람들에게 알려지지 않은 2개의 별들의 의미가 밝혀졌다.

시간과 행운, 사랑을 상징하는 별이다.

그들은 죽어서도 떨어지지 않고 영원한 시간을 함께 누리게 된 것이다.

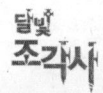

한 편의 이야기, 한 남자의 삶을 지켜본 것에 대한 위드의 짤막한 감상평.

'나름 뭐 행복한 결말이라고 할 수 있겠군. 착복한 재물로 떵떵거리면서 살거나 땅 투기에 성공하는 것 같은 희열은 없지만 말이야.'

띠링!

조각사들이 찾아서 헤매던 찬란한 아름다움의 표현법!
영원한 사랑을 통해서 시간의 비밀을 배웠습니다.
시간 조각술을 터득했습니다.
추억 속에서 그 시간은 영원하며, 행복한 시간은 느리거나 빠르게 흘러갑니다.
불가사의한 조각술의 힘은 한때의 기억으로도 돌아갈 수도 있을 것이며, 세상이 고요하고 모든 만물이 멈춰 있는 기적을 이루어 낼 수도 있게 합니다.
조각술 스킬의 숙련도가 증가합니다.

-세기의 업적을 달성했습니다.
조각술의 장대한 길을 개척하였습니다.
조각사로서 세울 수 있는 최고의 업적입니다.
모든 조각사들이 발휘하는 조각술의 효과가 4% 높아집니다.

"아아."

감동적인 장면에 이어서 퀘스트까지 완료하니 제아무리 위드라도 눈물이 찔끔 흘러나올 것만 같았다.

그래도 남자의 눈물은 아주 귀한 법.

특히나 이 장면이 나중에라도 방송될 수 있다는 점을 감안한다면, 절대 우는 모습을 보일 수는 없었다.

"으하하아암."

갑작스러운 하품으로 깔끔하게 눈물 처리.

"시간 조각술 스킬 창!"

시간 조각술 초급 1(0%).
초급 : 세월의 조각술.
조각품이 자연스럽게 긴 시간을 경험하게 합니다. 때때로 조각품들은 시간이 덧씌워지면서 훌륭한 가치를 갖게 될 것입니다.
또한 아주 긴 세월이 지나더라도 자연적으로 입는 손상에 의하여 파괴되는 것을 막아 줍니다.
중급 : 찰나의 조각술.
세상을 멈추게 합니다.
빛도, 바람도, 사람도.
시간 조각술 앞에 모든 사물이 멈추게 될 것입니다.
그 극도의 아름다움에서 혼자만 움직이려면 많은 체력과 정신력이 소모됩니다.
찰나의 조각술을 펼치기 위해서는 특별한 에너지가 필요합니다. 만물과 사람들을 행복하게 하면 찰나의 에너지를 얻을 수 있습니다.
찰나의 에너지는 많은 이들의 시간을 빼앗을수록 급속하게 소모될 것입니다.
짧은 시간의 연속 사용 등에는 막대한 체력과 마나가 소모됩니다.
고급 : 여행의 조각술.
시간의 흔적을 좇아서 특정한 시점으로 여행할 수 있습니다.

특수한 퀘스트들을 진행할 수 있습니다.
단, 퀘스트와 관계된 것이 아니라 조각사 임의로 과거를 바꾸는 것은 매우 큰 대가를 치르게 될 것입니다.
찰나의 에너지-0

-시간 조각술을 통해 부가적인 스킬을 획득하였습니다.

시간의 박물관 : 시간 조각술이 중급의 단계에 이르면 단 한 번에 한하여 영구히 하나의 지역에 흐르는 시간을 멈출 수 있습니다.
이 장소에서는 꽃이 시들지 않으며, 빗물은 공중에 그대로 멈춰 있을 것입니다.
조각사만이 관여할 수 있는 절대의 공간으로, 전투나 파괴가 불가능합니다.
자신만의 예술 작품들을 전시하고 다른 사람들을 초대할 수 있습니다.

이것이 조각술 최후의 비기!

시간 조각술은 사용하기에 따라서 여러 가지 특성을 발휘할 수 있었다.

위드에게는 찰나의 조각술이 가장 먼저 보였다.

"세상을 멈추게 만들고 혼자서 움직일 수 있단 말이지, 후후후후."

입가에 번지는 흐뭇한 미소.

시간 조각술을 통해서만 볼 수 있는 미지의 아름다움이 얼마나 대단할지 생각하기보단, 당장 해 먹을 수 있는 일부터 떠올랐다.

"시간이 정말로 멈춘다면… 남들이 가만히 있는 동안 맘껏 돈을 훔칠 수 있겠어. 그리고 전투 중에도 정말 유용할 테고."

전부 억지로 멈춰 놓고 싸운다면 그야말로 무적의 기술!

위험한 상황에 처했을 때 시간을 멈춰 놓고 빠져나오거나 혹은 치명적인 공격을 할 수도 있지 않겠는가.

"그래도 얼마나 효과적으로 쓸 수 있을지는 모르겠지만 말이야."

어떤 대가를 치르더라도 일반적인 상식을 초월한 어마어마한 스킬임에는 틀림없다.

현재 이 장면은 방송국들을 통해서도 중계를 하지 않기로 약속을 해 두었다.

바드레이나 헤르메스 길드에 정보가 알려지는 걸 막기 위한 조치였다.

"조금만 기다려라. 내가 돌아갈 테니까!"

시간 조각술

"막아라! 사제들은 신성 마법으로 적을 물리치지 않고 무엇을 하는가!"

"전멸입니다! 모두 죽었습니다."

"어떻게 이런 일이 벌어질 수가 있지?"

"적들이 그림자 속에서 튀어나와서 암살을 해 버렸습니다. 미처 손을 쓰기도 전에……."

"은화살이 다 떨어졌습니다. 일반 화살은 물론이고 강철 화살도 전혀 먹히지를 않는데 어떻게 할까요?"

"성문, 성문을 막아라앗! 성문이 뚫리면 우린 모두 끝장이야!"

하벤 제국의 도시 레인스타뎀!

교통의 요지이며 질 좋은 포도주가 생산되어, 과거 칼라모르 왕국에 속해 있을 때에는 여러 세력의 쟁탈전 속에서 매일 공성전에 휩싸였다.

그리고 헤르메스 길드가 이끄는 하벤 제국에 의해 점령되고 나서부터는 과중한 세금을 납부하느라 치안이 떨어져서 가끔 저항군의 공격을 받곤 했다.

하지만 보통 저항군 정도야 성벽으로 틀어막고 화살 몇 발 쏘면 알아서 흩어지고, 혹은 기마대를 보내서 싹 소탕해 버리면 끝장이다.

그러나 어비스 나이트 반 호크와 영예로운 제국 기사 출신 둠 나이트 800인의 공격은 상상을 초월했다.

어둠 속에서 침투하여 도시 내를 활보하면서 중요한 인물들을 암살했다.

"주변 도시의 지원은?"

"모릅니다. 연락이 되지 않아요!"

"어떻게 그런 일이……."

길드 채팅이나 귓속말은 대부분 어떠한 경우에라도 통한다. 전쟁에서 화려하고 복잡한 전술을 실행할 수 있는 것도 그러한 신속한 전달 체계에 의해서였다.

하지만 반 호크의 심연에서 솟아 나온 암흑 투기는 모든 종류의 마나를 흩트려 놓아서, 텔레포트나 귓속말 같은 것도 이루어지지 않았다.

둠 나이트들은 유령처럼 성벽을 통과하거나 혹은 날개가 달린 것처럼 수십 미터를 뛰어올라서 넘어왔다.

철컹철컹.

성벽 너머에는 반 호크가 어느새 일으킨 녹슨 갑옷을 입은 언데드 부대가 있었다.

레인스타뎀 인근에는 전쟁의 결과물인 원혼들이 가득하다. 그들을 일으켜서 휘하 부대로 만들어 놓은 것이다.

반 호크의 힘이 워낙 뛰어나다 보니 칼라모르 제국 시절의 원혼에서부터 최근에 사망한 자들의 시체까지 모조리 일어났다.

이전에 이곳에서 죽음을 경험했던 유저들에게는 퀘스트 발동!

어비스 나이트 반 호크가 당신을 부르고 있습니다.
레인스타뎀에서 목숨을 잃은 그대여, 드디어 복수의 칼날을 휘두를 날이 왔다. 언데드가 되어 칼라모르 왕국을 재건하기 위한 전쟁에 참여하겠는가?
퀘스트를 받아들이게 되면 일정 시간 동안 언데드로서 전투에 참여할 수 있습니다.
죽음을 경험하더라도 어떠한 페널티도 입지 않으며, 언데드 소환에 따라서 즉시, 혹은 나중에 다시 일어날 수 있습니다.
전투를 하면서 경험치를 획득 가능합니다.

로열 로드의 접속률은 위드의 모험 때문에라도 상당히 높은 상태였다.

"이건 또 뭐지? 퀘스트라면 받아들여 봐야 하나?"

"몰라. 뭔가 재밌을 것도 같은데."

대륙의 각 지역, 심지어는 북부에 있던 유저들도 퀘스트를 받아들이는 순간 레인스타뎀의 언데드가 되어서 땅을 파헤치고 일어났다.

자신의 레벨에 맞는 종류의 언데드가 된 유저들은 신기해하며 주변을 둘러보았다.

"우으우어?"

"크오와아아앗!"

혀가 썩거나 턱이 빠져서 제대로 발음이 되지를 않는다.

사냥을 하다가 죽은 초보들은 냄새가 풀풀 날리고 파리가 들끓는 좀비가 되어서 비틀거리면서 걸었다.

그래도 레벨이 꽤 높아서 데스 나이트 이상으로 일어난 유저들은 몸을 움직이는 데 있어서 어느 정도 자유로웠다.

'이게 뭘까?'

'아, 특별해. 아주 특별한 이벤트야. 방송으로 알려질 가능성도 100%라고 할 수 있겠지. 드디어 전투 천재인 나에게도 기회가 찾아오는구나.'

'잘 싸우면 보상이 있겠지? 근데 공성전이네. 그것도 하벤 제국을 상대로!'

'흠, 죽음으로써 잃어버릴 게 없다라. 죽으면 스킬 숙련도와 경험치가 감소해서 지금까지 난 항상 소극적이었지. 던전 사냥에서도 뒤에서 눈치만 보다가 뻑하면 욕을 얻어먹었고. 좋아, 해보자. 다 죽었어!'

'아, 씨! 난 사제인데 왜 언데드가 된 거야. 그것도 해골로. 어라, 손에서 불꽃이 나가네?'

언데드가 된 유저들은 턱을 달그락거리면서 웃었다.

어쨌든 신선하고 재미있는 경험이지 않은가.

눈치가 아주 느린 유저가 아닌 한, 돌아가는 사정이 어떻게 된 것인지는 대충 파악을 하였다.

하벤 제국의 레인스타뎀!

자신이 과거에 이 부근에서 죽은 적도 있으니 모를 수도 없는 도시다.

'유후, 그냥 싸우기만 하면 되는 거네. 대책 없이 덤벼볼까?'

목숨이 무한대라면 누구나 실컷 싸울 수 있지 않겠는가.

언데드 유저들이 킬킬대고 있는데 그들을 지휘할 둠 나이트들이 나타났다.

"모… 두… 죽…이…거…라… 이…곳…은… 우…리…의… 땅…이…다……."

"인…간…들…이…여… 삶…을… 원…하…는…가… 굴…복…하…고… 무…릎…을… 꿇…어…라… 새…로…운…

삶…을… 내…가… 주…겠…다… 죄…악…의… 대…가…를… 치…르…고… 더…러…운… 뼈…다…귀…로…서… 살…아…가…라……!"

지옥을 지키는 수문장인 둠 나이트들은 보통 기사들로서는 도저히 상대할 수가 없는 존재들로, 언데드들을 이끌고 앞장서서 성벽을 돌파하였다.

'가자. 이거 늦으면 재미 못 본다.'

언데드 유저들은 누가 먼저랄 것도 없이 격파된 성문을 통과하고, 하벤 제국의 병력에 맞서서 전투를 개시했다.

"자리를 지켜라. 성문에서 막아 내야 한다!"

"도저히 버틸 수가 없습니다. 전부 죽어 나가고… 커억!"

방패로 막아 낸다고 하더라도, 둠 나이트의 공격은 생명력뿐만 아니라 영혼에까지 피해를 입힌다.

영혼을 잠식당하면 죽지 않았더라도 둠 나이트의 편이 되어 버린다.

언데드 유저들은 신바람이 나서 자신들의 수준에 맞는 하벤 제국 병사들을 상대했다.

"너무 오래 걸리는군."

반 호크는, 전투는 그저 휘하의 둠 나이트들에게만 맡겨 놓고 이런 곳에서 지체하는 것이 마땅치 않다는 듯이 묵묵히 서 있었다.

2미터나 되는 뼈로 된 검을 들고 어두운 밤하늘을 응시하고 있는 반 호크의 위엄!

위드에게 맨날 맞고 사사건건 잔소리 듣고 살던 반 호크였지만, 어비스 나이트로서의 지금의 그에게는 카리스마가 넘쳐 났다.

심연에서 솟구친 칠흑 같은 어둠이 그를 보호하듯이 둘러싸고 있었으니 그 위압감 역시 어마어마하다.

레인스타뎀의 일반 유저들은 전투가 벌어지자마자 일찌감치 성을 빠져나와서 호기심 때문에라도 가까이에서 구경했다.

"끝내준다. 그렇지?"

"도시 하나가 점령되는 것도 금방이네."

"1시간도 안 걸리는 것 같은데?"

도시의 수비병은 몇 분 사이에 몰살당했다.

인간으로서의 목숨을 잃었을 뿐, 언데드 부하가 되어서 되살아났다.

레인스타뎀은 반 호크의 둠 나이트 부대에 의하여 완벽하게 점령당했다.

창고는 불타오르고, 도시의 모든 주요 시설들이 철저히 파괴되었다. 주민들이나 유저들에게는 다행스럽게도 일반 상점이나 주택가는 부수지 않았다.

"이들은 칼라모르의 불쌍한 시민들이다. 제국이 이들을 지켜 주지 못하였기에 지배를 당해야 했다. 우리는 미안해해야 한다."

"크크클, 우리의 자식들이 이곳 어디엔가 있겠군요."

반 호크가 이끄는 언데드 군단은 레인스타뎀에 길게 머무르지 않았다.

다음 날 동이 트기 전 일찍, 부서진 성문을 통해서 다시 빠져나갔다.

"가자. 황궁을 되찾아야 하리라. 폐하를 위해, 그리고 빼앗긴 이 땅을 되찾지 못한 한, 우리의 발걸음은 멈춰질 수가 없다."

"예, 대장님."

언데드들은 움직였다.

"뭐, 뭐야!"

"이것들은 도대체……."

길가에서 그들과 마주친 유저들은 깜짝 놀랐다.

최근에는 대부분 북부에서 시작하지만, 상업과 기술이 발달하고 안정된 중앙 대륙을 선호하는 유저들도 여전히 많았다.

초보들부터 시작해서 마차를 끌고 오던 상인들 역시 별안간 언데드 떼가 우르르 나타나니 놀라서 도망치거나 제자리에 서서 꼼짝도 하지 못했다.

언데드는 던전이나 무덤가에서 비교적 흔하게 볼 수 있는 몬스터다. 대체로 스켈레톤이나 유령, 구울 정도의 수준이었지만, 위드의 모험 탓에 일반 유저들에게도 많이 친숙해졌다.

어지간한 유저라면 언데드들을 분류할 수 있었고, 그렇기에 고위 언데드 군단이 나타난 것을 보며 깜짝 놀란 것이다.

"끌끌끌."

"키히히히힛."

언데드 유저들은 다음 전투를 기대하면서 웃음을 멈추지 못했다.

하지만 얼마 후에 태양이 떠오르고 나니 그들은 길가에서 싹 사라지고 말았다.

태양이 없는 밤에만 활약할 수 있는 것이었다.

라페이와 헤르메스 길드의 수뇌부는 갑자기 벌어진 일들에 대한 대책 회의를 열었다.

긴가민가했던 위드의 퀘스트 성공!

북부의 유저들을 앞으로는 위드가 직접 통솔할 수 있다는 점!

그리고 어비스 나이트의 침략!

라페이는 태연하게 웃었다.

"놀랍지만 예상했던 변수들입니다."

헤르메스 길드의 수뇌부는 약 50여 명.

바드레이는 군대를 이끌고, 수뇌부는 하벤 제국의 모든 것을 좌우하는 핵심 참모 역할을 한다.

갑자기 벌어진 사건들은 하나같이 하벤 제국에 불리한 것들이었지만, 그들은 사소한 피해 따위야 무시해도 될 정도로 거대한 세력을 결성해 놓고 있었다.

"위드가 상당히 깊은 꿍꿍이를 가지고 있었군요. 어비스 나이트는 오늘을 위해서 일부러 키워 놓은 것일까요?"

"일찍부터 퀘스트에 동참시켜 성장시켰던 이유가 우리 하벤 제국에 피해를 입히기 위해서였다는 건 충분히 의심해 볼 만한 여지가 있는 이야기입니다."

"칼라모르 왕국의 패망과 언데드 반 호크에 대한 기록을 바탕으로 정보부의 분석이 있었습니다. 전후 사정을 보면 스토리상 맞물려서 벌어진 이벤트 같은데, 군사부의 의견은 어떻습니까?"

수뇌부는 여러 부서로 나뉘어서 방대한 하벤 제국의 현황을 파악하고 있었다.

군사부의 제니스데이는 지도를 통해서 몇 가지를 확인하고 나서 말했다.

"레인스타뎀의 전투 보고가 올라왔습니다. 언데드의 숫자는 아무래도 3,000에서 5,000 정도로 보이고, 전쟁 중에도 더는 늘어나지 않았습니다."

"상대하기 곤란한 숫자는 아니군요."

"네크로맨서가 아닌 심연의 기사이기 때문에 불러일으킬 수 있는 언데드의 숫자에 한계가 있는 것으로 추측하고 있습니다. 다만 일부 유저들이 이벤트로 합류를 했고, 그들 중에서 700~1,000 정도의 병력이 둠 나이트입니다."

"둠 나이트라면 고위 몬스터인데요."

"맞습니다. 개별적인 수준도 매우 높고 처리하기 까다롭다고 할 수 있죠. 그러나 황실 기사단 1개 부대면 충분히 제압이 가능할 것입니다."

헤르메스 길드에 소속되어 있는 고레벨 유저는 흘러넘칠 지경이었다.

중앙 대륙에서의 전쟁에는 이들이 대거 동원되었지만, 북부 정벌을 하면서는 상대적으로 여유가 있었다.

말이 좋아서 북부 정벌이지 하벤 제국에서 파견된 병력은 거의 NPC로 구성된 일반 병사들이었다.

바드레이도 명목상의 총사령관으로 따라나선 것이지 전투에 끼어들지는 않는다.

400대 중반에서 후반에 이르는 길드의 최고수들은 아직까지 할 일이 없었다.

중앙 대륙을 일통하면서 그동안 경쟁하던 다른 명문 길드에서 영입한 고레벨 유저들도 많다.

헤르메스 길드는 초창기의 멤버들을 중심으로 하였지만 다른 이들을 배척하는 순혈주의는 아니다.

고레벨 유저들을 바탕으로 꾸준하게 규모를 늘려서, 그 어떤 적대 세력도 출현하지 못하도록 군림하는 것이 목적이었다.

"황궁 기사단 1개 부대라면 약 2,000명 정도인데 그들로 막을 수 있겠습니까? 어비스 나이트를 해치우지 않으면 언데드들은 계속 부활할 텐데요."

"언데드라면 상당히 꺼림칙하고 강하다는 인식이 있지만 실제로 다른 몬스터들에 비해서 크게 까다롭진 않습니다. 각 교단으로부터 언데드를 약화시킬 수 있는 신관들을 지원받아서 대거 파견하고, 신성력을 강화하는 성물들을 미리 지역마다 배치합니다. 그리고 황궁 기사단 1개 부대, 고레벨 유저들이 동원된다면 충분히 저지가 가능합니다."

하벤 제국에서는 엄청난 영토만큼이나 보물도 많이 가지고 있다.

언데드에 상극이라고 할 수 있는 신성력을 늘려 주는 성물들을 배치한다면 어비스 나이트의 군단도 약화된다.

하벤 제국이 지금까지 상대해 본 몬스터 중에서 어비스 나이트라면 최악이라고 할 수 있지만, 대기하고 있던 고레벨 유저들이 잔뜩 달려간다면 좋은 볼거리가 될 것이다.

라페이는 정보부의 분석을 듣고 결정을 내렸다.

"여유 있게 가죠. 제국의 위엄을 보여 주어야 할 이때에 주위의 시선도 있는데 딱 맞춰서 싸울 필요는 없습니다. 황궁 기사단 3개 부대, 길드 내에 레벨 410 이상의 유저 2만 명, 사제 4,000명 정도를 파견합니다. 그리고 포상금을 내걸어서 일반 유저들의 지원도 받도록 하죠."

영주 중 1명이 손을 들더니 반대 의견을 말했다.

"너무 과한 것 아닙니까? 점령지의 치안과 내정이 아직 완벽한 상황도 아닌데요. 북부 정벌에 이어서 이런 대규모 전투를 벌인다면 전력의 공백이 생기는 것이 불가피합니다."

"북부 정벌은 그만한 호기를 놓치기가 아까워서 일찍 시행한 것입니다. 엠비뉴 교단이 사라진 이후에 넘쳐 나게 된 병력을 북부로 보낸 것이고, 예정보다 정복이 조금 지연되고는 있어도 착실한 결과를 나타내고 있습니다. 그리고 점령 지역을 안정화시키기 위해서라도 이런 이벤트는 필요합니다. 하벤 제국은 어비스 나이트가 나타나는 정도로는 꿈쩍도 하지 않는다는 사실을 보여 주는 것도 괜찮겠지요."

하벤 제국은 힘으로 일어선 제국인 만큼 그 힘이 약해져서는 곤란하다.

제국의 방대한 영토 내에서 산적, 저항군이 날뛰더라도 전체에 미치는 영향력은 미미했다.

라페이는 어비스 나이트와의 싸움을 하벤 제국의 힘을 과시하는 축제의 장으로 만들고 싶어 했다.

"그리고 좋은 기회인 만큼, 바드레이 님께서도 준비해 주셔야겠습니다."

"물론입니다."

어비스 나이트와의 싸움에는 바드레이와 친위 부대도 참여하기로 결정되었다.

하벤 제국에 있어 도시 3~4개의 피해 정도는 별것 아니다. 어비스 나이트 반 호크의 최후를 바드레이가 장식한다면, 그보다 더 좋은 결과는 없을 것이다.

위드의 모험이 끝난 날, 각 방송국들의 시청률은 믿기 힘들 정도의 높은 수치를 기록했다.

전체 시청률 19.8%.

공중파에서 하는 인기 드라마보다도 높은 시청률이었다.

그리고 더욱 놀라운 것은, 드래곤을 타고 난 이후의 순간 시청률은 더욱 높다는 점이다.

무려 34.1%.

물론 로열 로드가 전 세계에서 선풍적인 인기를 끌고 있었지만, 이만한 시청률이 나올 것이라고는 누구도 예상하지 못했다.

압도적인 스케일과 장면들로 인해서 로열 로드의 방송은 재미가 있다.

유저들의 시선에서 방송 화면을 따라가다 보면, 정말 모험을 하고 탐험을 하는 느낌이 절로 든다.

으스스한 숲에서 바람이 불면서 나뭇가지가 흔들리고, 낙엽을 밟아서 부서지는 소리까지 전부 생생했다.

환상적인 자연의 경치와 증오심 가득한 몬스터들로 인해서, 시청률은 갈수록 높아져 가고 있는 추세였다.

"우리 방송국에서 이 시청률이 달성되다니 믿기지가 않는군."

"국장님, 지금 게시판마다 처음부터 못 본 사람이 많다고 바로 재방송을 해 달라는 요구가 빗발치고 있습니다!"

"바로 재방송 시작하고……."

"국장님!"

"또 뭔가?"

"광고주들의 만나 달라는 요청이 쇄도하고 있습니다. 위드가 출연하는 다음 방송이 뭐냐고 사방에서 전화가 오고 있는데요!"

위드의 모험은 단순히 그걸로 끝나는 게 아니다.

베르사 대륙에 중대한 변화까지 몰고 오다 보니 방송국들은 밤샘 작업에 돌입해야만 했다.

그리고 그다음 날, 직장인들과 학생들의 눈은 붉게 충혈되어 있었다.

"캬하, 그거 봤지?"

"응. 크흐!"

"아주 시원해."

"참, 어제 새벽 2시까지 방송 보다가 잤는데, 엠비뉴 교단은 어떻게 됐지?"

"완전히 사라졌어. 흔적도 남아 있지 않더라고."

위드가 진행한 것은 조각술 최후의 비기 퀘스트였다. 하지만 퀘스트 내용을 따라서 사람들 사이에서는 엠비뉴 교단 멸망 퀘스트로도 많이 알려졌다.

베르사 대륙을 온통 뒤덮었던 엠비뉴 교단의 흔적은 일부러 찾으려고 해도 볼 수 없게 되었다.

왕국 자체가 무너졌던 로자임 왕국을 비롯하여, 중앙 대륙의 여러 지역들이 과거의 영광을 완벽히 회복했다.

사람들은 그날의 일과가 어서 끝나기만을 기다렸다. 그리고 집에 가자마자 로열 로드에 접속했다.

먼저 한 것은 시장에서 소식을 듣고 고향으로 가 보는 것이었다.

마차를 타고 이동하는데, 과거에는 대지에 깃든 저주로 검붉은 색으로 변했던 들녘이 풍요로운 황금빛으로 빛나고 있다.

그 감동과 흥분이야 이루 말할 수가 없을 정도였다.

엠비뉴 교단에 파괴된 고향 도시로 가서 정든 주민들도 만났다.

"이야, 잡화점의 노델른 할아버지! 오랜만이에요."

"허허, 무슨 소리인가. 얼마 전에도 물건을 판매하지 않았는가. 그보다도, 오늘 좋은 물건이 들어왔는데 좀 사 주지 않을 텐가? 며칠 후면 자식 놈을 결혼시켜야 하는데 돈이 좀 모자라서 말이야. 자네에게만 특별히 싸게 주지, 응?"

주민들은 아무 일도 없었다는 듯 유저들에게 물건을 판매하고 있었다.

엠비뉴 교단에 의해 완전히 파괴되었던 로자임 왕국의 세라보그 성에도 유저들이 다시 돌아왔다. 그들은 엠비뉴 교단을 피해서 산적들처럼 숲이나 동굴에서 살아갔지만, 더 이상은 그럴 필요가 없어졌다.

"에잉, 간단한 심부름을 시켰는데 이렇게 늦게 돌아오다니!"

"그게, 일찍 끝냈는데, 아저씨가 광신도가 되어서 떠나고 없었잖아요."

"무슨 소리를 하는 겐가, 꿈이라도 꾼 건가? 아무튼 늦게 돌아왔으니 금화 5개에서 3개는 빼고 돌려주겠네. 대신 늦게라도 약속을 잊지 않고 일을 해 주었으니 다음에 특별히 심부름을 시킬 일이 있으면 꼭 자네를 찾도록 하지!"

오랫동안 완료하지 못했던 퀘스트도 보고하고 보상을 받을 수 있었다.

퀘스트를 중간에 포기한 사람들도 다수였지만, 어쨌든 참고 기다린 유저들은 친밀도를 통해 그만한 보상을 얻었다.

대홍수에 쓸려 나갔던 평원도 원래대로 돌아오고, 위드와 유저들이 건축했던 피라미드와 스핑크스도 되돌아왔다.

엠비뉴 교단에 의하여 큰 피해를 입었던 유저들의 입가에는 미소가 가시지를 않았다.

"위드 님도 이제 돌아오겠지?"

"그러게. 엄청난 환영 인파가 반겨 주지 않겠어?"

"조각술 최후의 비기! 다 끝냈으니까 어떤 기술을 얻었을지 엄청 궁금하다."

"방송국들도 그거 때문에 난리가 났잖아."

"지금쯤 뭘 하고 있을까? 엄청난 퀘스트나, 헤르메스 길드를 물리칠 계책을 마련하고 계시겠지?"

The Legendary Moonlight Sculptor

바다의 보물

이현은 주택의 구석구석을 다시 한 번 확인했다.

"우리나라 건축 기술은 확실히 부족한 점이 많아. 건설업계에 혁신이 필요해."

오래될수록 집은 손봐야 할 곳이 자꾸 늘어나는 법이다.

비가 샌다거나 하진 않더라도 겨울에 웃풍이 심하게 불어서 난방 효율을 떨어뜨리기도 하고, 전기장치들이 고장 나기도 한다.

주택에 살면서 집을 잘 관리하기 위해서는 방수 페인트도 주기적으로 발라 주고 전체적으로 한 번씩 점검을 해 주는 건 필수였다.

"집을 한번 지어 놓으면 역사와 전통을 보존하기 위해서라도 한 700년 정도는 무사히 유지가 되어야지. 이 정도의 기술력도 없나, 쯧쯧."

이현은 건축업계가 너무 게으르다고 생각했다.

무작정 비싼 땅에 투기를 부추기며 분양만 할 줄 알지 생활 편의를 위해 제공하는 것이 대체 무엇인가.

겨울에는 저절로 따뜻해지고 여름에는 시원해지는 신소재를 개발하는 것은 물론이고, 자체 전력 생산, 지하 400미터 천연 암반수 공급, 건강에 해로운 미세 먼지 자동 제거 기능 정도는 주택에 기본으로 붙어 있어야 할 게 아닌가.

자동차가 있는 집에는 기름도 자동으로 채워 주고, 유기농을 선호하는 사람을 위해서는 마당 한편에 비닐하우스도 만들어 준다면 참 좋을 것이다.

"시멘트로 지은 집은 정이 안 가."

쉴 새 없이 투덜거리면서도 이현의 입가에는 썩은 미소가 가득했다.

자기 집을 둘러보면서 조금씩 수리하는 이 기쁨을 무엇과 바꿀 수 있겠는가.

대문도 화사하게 페인트칠을 새로 하고, 마당에는 통나무를 직접 깎아서 벤치도 만들어 놓을 결심을 했다.

"올해에는 배나무와 사과나무도 한 그루씩 더 심어야지. 지금 심어 놓으면 나중에 나이 먹어서는 과일값에 돈을 전혀 들이지 않아도 될 거야."

방송국으로부터 출연료와 시청률에 따른 성과금을 듬뿍 받을 예정이었지만, 지출에 대해서는 항상 엄격했다.

이미 이현이 저축한 액수만 봐도 상당한 알부자!

은행 직원이 주기적으로 전화를 해서 특판 상품을 안내한다거나 혹은 홍삼을 선물로 보내 주었다.

자신을 담당하는 은행 지점 과장으로부터 전화가 오면 이현은 일부러 거들먹거리면서 전화를 받았다.

-고객님, 특판 상품이 있는데 지점에 방문하시면 우대금리를 적용시켜 드릴 수 있어요.

우대금리!

"글쎄요. 최근에 남아도는 돈이 조금 있기는 한데……. 뭐, 딱히 쓸 일도 없으니 조금 넣어 볼까요?"

빚 독촉에 시달리면서 살던 몇 년 전과는 비교할 수도 없는 변화였다.

'이게 다 내가 잘난 덕이지.'

누구의 덕도 아닌 순전히 자기 덕!

이현은 마당을 청소하다 몸보신의 밥그릇이 비어 있는 걸 발견했다.

"요즘 내가 바빠서 잘 챙겨 주지 않았군. 뭐, 알아서 잘 먹으니까."

서윤의 집과는 벽을 허물어 놓고 지낸다.

이현에게는 그녀가 나쁜 짓을 하지 않으리라는 믿음이 있었다. 다른 이유에서가 아니라, 그녀가 뭐 가져갈 게 있다고 이현의 집에 있는 물건에 욕심을 내겠는가.

그래서 몸보신은 식사 때가 되면 서윤의 집에 가서 현관 앞에 앉아 있곤 했다.

서윤이 부드러운 눈빛으로 미소를 지으며 쓰다듬어 주고 맛있는 음식을 주니 이것이 개 행복!

이현에게는, 식구들이 돼지갈비를 먹은 후 남은 뼈다귀라도 하나 얻어먹으려면 엄청난 애교를 필요로 했다. 하지만 서윤은 몸보신의 입맛을 생각해서 매 끼니때마다 요리를 다르게 해 주고, 난생처음 먹어 보는 꿀맛 같은 음식들을 배부르게 먹게 해 줬다.

개 껌은 상자째로 쌓여 있었으니 진정한 개 팔자를 누리는 중이었다.

"아침에 먹다 남은 따끈따끈한 밥인데, 특별히 너에게 주도록 하지. 옜다! 많이 먹어라."

이현은 잔반을 모아서 물에 말아 몸보신의 밥그릇에 채워 넣어 줬다.

아침에 제육덮밥을 해서 먹었지만, 고기는 배 속으로 싹 사라지고 채소와 살점이 몇 개 붙어 있는 정도.

끄으응.

몸보신은 늘어져라 하품을 하더니 귀찮다는 듯이 거만하게 맞은편으로 돌아누웠다.

아침에 서윤이 호주산 특등급 양고기를 줘서 배를 채웠으니 가당치도 않은 밥찌꺼기는 눈에 들어오지도 않았던 것이다.

이현의 눈가가 파르르 떨렸다.

"이 근본도 알 수 없는 잡종견이 나도 먹는 밥을 안 먹다니."

몸보신을 목줄로 단단히 묶어 놓았다.

"아무 데도 못 가게 해야지. 굶다 보면 배고파서 먹겠지. 털에 참기름을 발라 놨나, 아주 윤기가 줄줄 흐르는구나. 개 팔자가 상팔자라더니 아주 호강에 겨워서 된장에 밥 비벼 먹겠어."

그렇게 몸보신의 목덜미를 괴롭히면서 화기애애한 시간을 보내고 있는데 등 뒤에서 인기척이 느껴졌다.

이현이 뒤를 돌아보니 어느새 마당에 나온 서윤이 물끄러미 쳐다보고 있었다.

"아, 오해하기 쉬운 광경이기는 한데, 보신이를 괴롭히고 있는 거 아니야."

몸보신은 서윤이 나타나자 벌떡 일어나더니 주인에게도 흔들지 않던 꼬리를 좌우로 살랑거리면서 강아지처럼 끙끙거렸다.

충성심이 높은 개이기는 했지만 항상 보는 서윤이고 밥도 챙겨 주다 보니 안주인처럼 따르고 있었다.

깨갱, 깽깽!

그녀에게 다가가려고 해도 갑갑한 목줄 때문에 못 가고 펄

쩍펄쩍 뛰었다. 그러더니 발라당 누워서 배를 드러내는 훌륭한 애교!

이현의 눈초리가 싸늘해졌다.

"역시 요즘 개들이란……."

지금 키우고 있는 몸보신 2세는 수컷이었다.

발정기가 되면 목줄로 꽉 묶어 놔서 응분의 조치를 취하겠다고 다짐하는 이현이었다.

이현과 서윤은 한낮의 햇빛을 받으면서 마당에 있는 의자에 앉아 시간을 보냈다.

서윤이 맑고 고운 목소리로 물었다.

"그때 잘 잤어요?"

"응."

"여동생은요?"

"도서관에 갔어."

서윤은 이혜연에 대해서 항상 신경을 쓰고 있었다.

이현의 여동생이라면 향후 시누이가 될 수 있는 존재였으니 싫어도 의식할 수밖에 없었다.

이현이 잠시 머뭇거리다가 입을 열었다.

"그때… 부탁 말이야."

"어떤 부탁요?"

"퀘스트 도와주기로 한 거."

"네."

이현은 서윤이 조각술 최후의 비기 퀘스트를 도와주면 소원을 하나 들어주기로 했다.

공짜를 밝히는 자신이었지만 아무 대가도 없이 입을 닦을 수는 없었다. 서윤이 퀘스트를 위해서 매우 많은 노력을 기울여 주었기에 덥석 저지른 약속!

'역시 돈이겠지. 돈을 달라고 할 거야. 돈이지. 돈밖에는 없어.'

무슨 생각을 하는 건지, 먼발치를 바라보는 서윤의 얼굴이 점점 붉어져 갔다.

이현의 얼굴도 따라서 붉어졌다.

'미리 다 생각해 놨구나. 과연 돈이로군. 얼마나 큰 액수를 부르려고… 역시 이 세상은 돈이 모든 걸 좌우해.'

서윤이 망설이다가 말했다.

"데이트."

"응?"

"바쁜 건 알지만 하루라도 데이트를 해 보고 싶어요."

쇠뿔도 단김에 빼랬다고, 이현은 서윤과 함께 집을 나섰다.

'집 나가면 다 돈인데… 뭘 해야 하지.'

당연히 아무 계획도 없었다.

도로 가에 우두커니 서서 뭘 해야 할지를 심각하게 고민했다.

“어디 가고 싶은 데라도 있어?”

“없어요. 하지만 어디든 좋아요.”

“으음!”

평범한 남자들의 데이트에 대한 부담감!

드라마를 보면 특히 재벌 주인공들이 많이 나온다.

키 크고 잘생기기까지 한 그들이 여자와 데이트를 하면서 아무렇지도 않게 백화점 명품관에 가서 가방을 사 주고, 머리부터 발끝까지 옷을 맞춰 주는 바람에 보통 남자들은 너무나 힘들어졌다.

게다가 그런 드라마에서는 깜짝 이벤트에, 마지막에 헤어질 때는 반짝반짝 빛나는 선물까지 안겨 주지 않는가.

‘영화나 드라마는 거기서 끝나야 돼. 다 허구 속 이야기지. 특히 그런 장면들이 나올 때면, 이런 일은 현실에서는 절대로 벌어지지 않는다고 자막으로 안내를 해 주면 더 좋을 텐데.’

하필 재벌의 딸인 서윤의 씀씀이를 감당하기에는 일반인으로서는 너무나도 벅찬 것이 현실이었다.

호텔 레스토랑을 가고 싶지만 편의점 김밥도 감지덕지하며 살아가는 사람들이 많은 시대다.

이현은 염치 불고하고 말했다.

"배고프지?"

"조금요."

"그럼 밥을 먹으러 가자. 근데 어디로 가고 뭘 해야 할지는 내가 결정해도 돼?"

"물론이에요."

"미리 말해 두지만 비싼 데는 못 가."

"상관없어요."

서윤은 뭘 먹더라도 기분 나쁘지 않을 것 같았다.

물론 이현이 집에서 해 주는 요리가 가장 좋았지만, 함께 외식을 하는 일도 마음이 따뜻해지고 행복했다.

이현의 옆에 있으면 밝은 따스함을 느낄 수 있었다.

"그러면 내가 메뉴를 정해야겠군. 자장면을 먹으러 가자!"

"아는 곳 있어요?"

"이 동네에서 내가 모르는 집은 없지."

오랜만의 중국집 방문이었다.

동네의 중국집들이 수시로 개업과 폐업을 하고 있지만 한때 배달 업종 관련 종사자로서, 어떤 업소가 가장 청결하고 장사도 잘되는지 정도는 꿰고 있었다.

이현은 중국집에 가서 자장면을 한 그릇씩 시키고 나서 잠시 고뇌에 빠졌다.

"사… 사천 탕수육도 주세요. 둘이 먹기에는 많으니까 작은 걸로 주세요."

엄청난 지출!

하지만 서윤이 그를 위해서 쏟은 시간이 있기에 이 정도의 대우는 해 줘야 할 것 같았다.

"자장면을 먹을 때는 말이지, 강한 입의 압력을 이용해서 먹어야 맛있어."

후루루루룹!

이현의 입이 진공청소기처럼 면발을 흡입했다.

자장 양념이 입가에 다 묻어 버리는, 추잡하기 짝이 없는 장면!

서윤은 차마 따라 하지 못하고 조심스럽고 얌전하게 자장면을 먹었다.

"음식을 저렇게 복 없게 먹으면 안 되는데. 호로로로롭!"

그렇게 자장면으로 식사를 마치고 나서 이현이 계산을 치렀다.

"커피를 마시자. 내가 뽑아 줄게."

이현은 중국집의 현관에 고객들을 위해 놔둔 자판기에서 당당하게 커피를 뽑았다.

"돈 아끼고 시간 절약하기에는 이만한 것이 없어. 음식을 먹고 난 후의 공짜 커피야말로 직장인들의 낭만이랄까. 내가 직장인은 아니지만 예전에는 정말 부러웠거든."

서윤은 고개를 갸웃했다.

"어떤 점이요?"

"단체로 식당에 들어가서 밥을 먹고, 회사 카드로 결제를 하고 커피를 뽑아서 유유히 나오는 모습이 말이야. 공짜 밥을 먹다가 노후에는 연금을 타서 살아갈 수 있다면 얼마나 좋을까."

"……."

서윤은 눈치와 예감이 날카로운 편이었다.

특히 이현의 성격에 대해서는 빠짐없이 알고 있었다.

일부러라도 옛날 이야기는 잘 하지 않는 편이다. 갑작스럽게 과거에 가난하게 살던 이야기를 하는 게 조금 이상했지만, 모르는 척 넘어갔다.

"식사도 했으니, 이제 등산을 할까?"

"등산요?"

"저기 보이는 산으로!"

이현이 손가락으로 가리킨 건 도시의 중앙에 있는 산이었다.

계단이 약간 많긴 하지만 높고 험한 산이 아니라 공원으로 꾸며져서 시민들의 휴식처가 되어 있었다.

이현과 서윤은 한 단계씩 계단을 올랐다.

여느 연인들처럼 계단을 하나씩 오르면서 가위바위보 내기라도 할 법하지만 둘에게 그런 건 없었다.

'가위바위보를 이겨서 뭐 돈을 버는 것도 아니고.'

'그냥 이렇게 천천히 계단을 오르는 것도 좋아.'

30여 분 정도를 느긋하게 계단을 올라서 드디어 정상!

꼭대기에는 팔각정이 있었고, 철망에는 이곳에 온 연인 방문자들이 기념으로 묶어 놓은 자물쇠가 수백 개도 넘게 채워져 있다.

이현은 도시를 내려다볼 수 있는 위치로 가서 말했다.

"옛날에는 있잖아, 그래 봐야 몇 년 전이지만, 가끔 이 산을 올랐어."

과거를 떠올리는 이현의 목소리는 낮고 차분했다.

"남들처럼 운동을 하려던 것도 아니고 풍경을 보려던 것도 아니야. 그냥 부러워서."

"가족이나 친구들과 같이 산에 온 사람들이 부러웠어요?"

산에는 평일임에도 불구하고 꽤 많은 가족들이 나와 있었다. 솜사탕, 음료수 장사를 하는 노점상도 있었다.

그러나 이현은 도시의 건물들을 향하던 시선을 다른 곳으로 돌리지 않았다.

"아니. 그냥 여기서 도시를 내려다보면 그렇게 부러웠어."

"……."

"참 많은 집과 건물이 있구나. 누구는 일을 하고, 집에서 쉬고, 학교를 가고, 꿈이나 희망이라는 단어를 가지고 살아가겠구나 하는 부러움?"

이현은 산에서 도시의 야경을 보고 세상에서 가장 아름답다는 생각을 했다.

비가 내리고 난 이후라서 불빛들이 선명하기도 했지만, 그 불빛들이 켜져 있는 곳에서는 사람들도 무언가를 하고 있으리라.

처량하게 비를 맞으며 산에 오른 자신과는 달리, 맛있는 요리를 해 먹고 따뜻한 집에서 살아가며 저축도 하는 평범한 사람들에 대한 부러움이었다.

세상은 절대 공평하지 않다.

한평생 열심히 살았더라도, 노인이 되면 누군가는 자신의 할머니처럼 몇천 원을 벌기 위해서 폐지를 줍거나 나물을 팔러 시장에 나가야 했다.

"어떤 사람에게는 당연한 일이 나한테는 너무나도 신기한 게 될 수도 있는 세상을 느꼈지. 그냥 불빛들이 너무 다 좋았고, 바라보면서 부러웠어. 그때 하던 생각은, 나도 정말 돈을 많이 벌고 싶다. 돈을 많이 벌기 위해서는 무슨 일을 해도 좋을 것만 같았지."

돈에 의한 조기교육을 받으면서 살아온 셈이다.

"산에 올라올 때마다 저기 흔한 평범한 사람들처럼 살고 싶다는 생각만이 가득했어. 지금은 뭐, 그래도 어느 정도 꿈을 이룬 셈이지. 노후를 위해 많은 액수는 아니지만 챙겨 놓은 돈도 제법 있고."

서윤의 눈에 맑은 눈물이 맺혀서 흘러내렸다.

어느새 저녁이 찾아와 날이 어두워지고 있었다.

이현은 하나 둘 켜지는 도시의 불빛을 바라보다가 고개를 돌렸다.

도시의 야경보다도 예쁜 서윤이 곁에서 가만히 울고 있었다.

'드라마를 보면 이럴 때 키스를 하던데. 음, 아냐. 난 안될 거야. 드라마 주인공처럼 멋진 사람이 아니니까. 저 눈물을 오해해서는 안 돼. 내가 얼마나 불쌍했으면 눈물이 날까.'

그렇게 생각하니 서윤이 주르륵 흘리는 눈물이 쉽게 이해가 갔다.

'은수저로 밥 먹다가 나무젓가락을 쓰는 사람을 보면 딱하고 불쌍하게 느껴지는 것과 비슷한 감정이겠지. 예를 들면 길가를 헤매는 강아지를 보는 듯하다고 할까. 그래서 우는 거로군.'

갑자기 악화되는 추측들!

'이 세상은 돈과 권력이야. 예쁘고 돈 많은 여자가 날 좋아한다는 게 말이 되나? 저러다가 정신을 차리고 나면 잘생기고 학벌 좋고 집안도 훌륭한 남자를 만나서 떠나겠지.'

서윤을 가까이할수록, 이현의 마음속에는 두려움이 들었다.

서로가 비슷한 처지가 아니라면 언젠가 떠나갈 수밖에 없다.

처음부터 없이 살아온 데에는 익숙하지만, 마음속에 크게 자라난 누군가가 갑자기 떠나 버리면 그 공허함은 정말 무섭다.

'언젠가는 이별하게 될 사이야. 젠장. 이럴 줄 알았으면 탕수육은 시키지 않는 거였는데.'

이현은 씁쓸하게 말했다.

"내려가자."

거리로 나오니 어느새 완전히 밤이 되어 있었다.

데이트라면 영화를 한 편 보거나 술을 마시는 것도 괜찮겠지만, 지나가는 사람들이 서윤을 보고 있었다.

"저기 좀 봐. 인형이야, 사람이야?"

"어마어마하게 예쁘다. 근데 울고 있잖아?"

서윤은 거리에 서 있는 것만으로도 사람의 주목을 받는 외모.

그녀의 얼굴과 입고 있는 단순하면서도 고급스러운 옷들은 남자들이 함부로 말을 붙이지도 못하게 했다.

대부분의 남자들이 그녀를 보면 몸이 얼어붙어 버리거나 꿈인지 현실인지를 의심하는 것이 일반적인 반응이다.

옆에 여자 친구가 있음에도 불구하고, 서윤이 울면서 걷는 것을 보고 있자니 신장이식이라도 기꺼이 해 줄 수 있을 만큼 안타까운 마음이 들었다.

이현과 서윤은 걸어서 집이 있는 골목에 도착했다.

특별한 코스라고 부르기에도 민망한 짧은 데이트의 끝.

"음, 들어갈 거지?"

"네."

"그럼 뭐, 내일 또 볼까."

"……."

이현과 서윤은 계속 그 자리에 서서 더 이상은 아무 말도 없이 눈을 마주쳤다.

'여자의 눈이 가장 예쁠 때가 언제일까. 지금인 것도 같군.'

잘 그린 짙은 화장보다는 막 울음을 그치고 나서 조금 부은 눈.

상대를 쳐다보는 눈빛이 너무 맑기에 아름다울 수밖에 없다.

이현은 뭔가 분위기가 이상하다는 생각이 들었다.

'왠지 이건 다시 키스를 해야 할 것 같은 느낌?'

자신이 한 걸음 다가가서 입을 맞추더라도 서윤의 눈빛과 표정은 거부하지 않을 것 같다. 오히려 기다리고 있는 듯한 얼굴이다.

'그러고 보니까 예전에도 비슷한 일이 있었지.'

로열 로드에서 퀘스트를 하며 석상화가 되었을 무렵, 서윤은 그에게 전혀 예상하지 못하게 입을 맞춰 주었다.

이현은 그 당시에도 접속해 있었기 때문에 입을 맞추던 순간의 느낌을 기억했다.

서윤이 그때 동상이 자신이란 걸 알고 한 것인지, 또한 어떤 마음으로 입을 맞춘 것인지도 궁금하다.

막연하게 물어보지 않고 지나쳤던 사건들이 오늘 갑자기 떠오른다.

서윤이 가만히 눈을 감았다.

'키스를 해도 될까. 안 될까. 괜히 해서 이상한 사람이 되는 건 아니야? 분위기를 보면 아무래도 하는 게 맞는 것 같은데. 솔직해지자. 내가 하고 싶은 마음이 들긴 해. 그래도 상대방의 기분이나 판단이 중요한 건데. 애매하게 이러지 말고 그냥 깔끔하게 키스를 하라고 말을 해 주지.'

이현은 서윤의 얼굴을 보며 많은 생각을 했다.

짧은 순간임에도 불구하고 수많은 생각이 회오리를 친다.

무려 1분!

정적 상태에서 두 사람이 몸이 굳은 채로 서 있은 시간이었다.

숟가락으로 밥을 떠먹여 주기까지 했는데 씹을 줄도 모르는 격이었다.

유병준은 모니터를 보던 중에 이현이 거리를 돌아다니는 것을 발견했다.

"호오, 매일 집에만 있는 것 같더니 밖에도 돌아다니는군."

인공지능을 통해서 베르사 대륙의 주요 인물들을 수십 개의 모니터로 볼 수 있었고, 몇몇 사람들은 관찰 로봇이나 무인 항공기를 동원해서 특별히 현실에서도 주시했다.

"이놈이 무슨 바람이 불어서……."

그러다가 이현의 옆에서 함께 걷는 서윤을 발견했다.

"데이트를 나왔군. 저 아가씨는 퀘스트를 도와주었던 그 처자인가. 과연 아름답군. 가히 최고의 미녀라고 할 수 있겠어. 어떻게 저런 여자가 저런 놈과 친하게 지낼 수 있는 건지."

유병준은, 그 둘이 중국집을 갈 때부터 깊은 한탄의 연속이었다.

자장을 입가에 묻히며 추하게 먹는 모습, 산의 정상에 오르기 위해 계단을 걸으면서 손도 잡아 주지 않는 개매너!

"저런 놈도 여자 친구가 있는데."

진심으로 깊은 한탄밖에 나오지 않았다.

산 정상에서도, 자신의 힘든 삶에 대해서 푸념을 하더니 분위기가 무르익었음에도 불구하고 아무 짓도 저지르지 않는 게 아닌가.

"저, 저런 짐승보다도 못한 놈!"

유병준은 정말 이건 아니라는 생각이 들었다.

둔해도 어느 정도의 융통성은 가져야 연애가 활발하게 이루어진다.

길에 걸어 다니는 생면부지의 다른 여자도 아니고, 자신 때문에 서윤이 울고 있는데 아무런 위로도 해 주지 않다니!

특별한 사탕발림도 필요 없고, 곧바로 키스를 해야 할 최적의 타이밍이다.

정 어색하다면 가볍게 안아 주는 정도도 나쁘지 않을 텐데 아무것도 하지 않고 미적거리다가 다시 산을 내려와 버린다.

"전투 중에는 그렇게도 기회를 놓치지 않더니, 저 녀석은 정말 답답해."

보고 있는 유병준이 분통이 터져 죽을 지경이었다.

그렇게 하루의 짧은 데이트를 마치고 허무하게 집 안으로 들어가기 직전에, 분위기가 다시 잡혔다.

서윤은 눈까지 감았다.

"여기까지 왔는데도 왜 가만히 있는 거야, 저놈은!"

아무리 말귀를 못 알아먹는 사람이라고 할지라도 행동에 나서야 할 때가 아닌가.

이현과 서윤이 가만히 있는 1분이 유병준에게는 10분처럼 느껴졌다.

"안 되겠군. 베르사."

-네, 말씀하십시오.

"가로등 밑이라서 너무 밝은 게 이유일 수도 있겠어. 저 동네 가로등 전부 차단해. 갑자기 전부 꺼지면 놀랄 수도 있으니 차례대로 차단하는 게 좋겠지."

-명령 접수했습니다. 도시 시스템에 강제 개입 완료. 2초 뒤에 실행됩니다.

이현과 서윤이 있는 골목길과 그 주변 길가의 가로등이 멀리서부터 차례대로 슬며시 꺼졌다.

밤이기에 가로등이 꺼지니 갑자기 어둠이 찾아온다.

이현과 서윤의 머리 위에서 환하게 밝혀져 있던 가로등도 빛을 잃었다.

그럼에도 불구하고 달이 둥그렇게 떠 있고, 멀리 있는 간판의 불빛이 비치면서 서로를 마주 볼 수 있었다.

이현은 여전히 그 자리에 굳어서 움직이지 않았다.

"이걸로도 모자라나! 도대체가 저 녀석은……."

유병준은 심지어는 자신의 자존심까지도 상했다.

이쯤 된다면 밥을 떠먹여 주는 게 아니라 억지로 투입을 해도 죄다 토해 놓는 중환자 수준이 아닌가.

"인근 가게에서 저들에게 들릴 정도로 낭만적인 음악을 크게 틀어 놔."

-개인 시스템에 강제 접근이 어렵습니다. 그러나 관찰 로봇을 통한 음향 시스템 설정은 가능합니다.

"관찰 로봇은 몇이나 되지?"

-현재 대상자의 주위로는 32기의 무인 항공기와 22기의 소형 로봇이 있습니다.

이현은 로열 로드에서 비중이 매우 큰 인물이고 유병준의 각별한 관심을 받고 있기에 호위와 관찰 로봇이 다수 배정되어 있었다.

"음악을 깔아 줘!"

이현의 머리 위에서 소리 없이 날아다니던 무인 항공기가 어둠 속에서 지상으로 조금 더 가까이 내려왔다.

또한 작은 새와 벌레, 돌멩이 등으로 위장하고 있던 관찰 로봇들이 소리를 내기 시작했다.

관현악부터 시작되어, 오케스트라를 능가하는 생생한 음악!

입체 서라운드로 들리는 음악에도 불구하고 이현은 서윤의 얼굴을 쳐다보기만 하고 끝내 움직이지 않았다.

"저놈은 지금 잠이라도 자는 것이야?"

-아닙니다. 대상자의 심장박동이 빨라지고 있습니다.

잠을 자는 것은 아니다.

이현은 가만히 서윤의 얼굴을 보고 있을 뿐이었다.

예쁜 여자를 싫어하는 남자가 어디에 있겠는가.

하지만 그녀와 함께했던 긴 시간 동안의 추억이 다 함께 떠오른다.

충동적인 욕망보다는 마음이 더 다가선다.

이현은 아주 서서히 서윤에게 다가가서 키스를 했다.

철썩. 처어어얼썩!

파도가 암초에 부딪쳐서 높게 튀어 오른다.

햇빛을 받은 모래 알갱이들은 부지런히 반짝인다.

퀘스트를 완료하고 난 후, 위드는 유령처럼 몸이 없던 상태에서 다시 대제왕의 몸으로 돌아왔다.

물론 토르의 신검과 갑옷은 감쪽같이 없어진 상태!

그의 앞에는 커다란 푸른빛의 포탈이 열려 있었는데, 원래의 세상으로 돌아가는 문이 틀림없으리라.

"이제 돌아가야지."

위드는 전쟁의 시대의 삶을 모두 정리하고 원래의 세계로 돌아가는 데에는 미련이 없었다.

조각 생명체들은 알아서 살아갈 것이고, 팔로스 제국의 운명도 정해져 있지 않은가.

엠비뉴 교단의 대신전이 워낙에 외딴 곳에 있다 보니 역사적으로 큰 영향을 미치지는 못한다는 점에는 다소 아쉬움이 있었다.

하지만 퀘스트를 완료하면서 얻을 것은 다 얻었고, 방송을 통해서도 감수성이 예민한 시청자들의 심금을 울렸을 것은 분명했다.

'캐릭터 산업이 활황을 띠겠군. 특히 드래곤에 탄 흑곰 인형으로 거둬들이는 수입은 염전만큼이나 짭짤할 거야.'

모든 게 다 계산된 행동!

이곳이 어딘지, 대략 위치는 짐작이 갔다. 중앙 대륙으로 돌아가서 사막의 대제왕으로서 행세를 할 수도 있지만 부질

없는 일이리라.

"그래도 그냥 가기에는 조금은 허전하단 말이야."

노들레와 힐데른의 사랑 이야기가 조금은 여운을 남겼다.

약간은 부모님 생각이 나기도 했다.

'아버지는 참 자상하고 좋은 사람이었지.'

어릴 때부터 직장에서 돌아오면 위드와 잘 놀아 줬다. 장난감도 직접 만들어 주고, 저녁이면 같이 텔레비전 앞에서 시간을 보내기도 했다.

술을 조금 많이 좋아하고 친구들에게 보증을 서슴없이 서 주는 점이 문제이긴 했지만.

어머니는 좋은 대학을 나온 현숙한 분이었다. 맞벌이를 하느라 육아에는 소홀한 부분이 있었지만, 가정 살림에 전념할 수가 없었으니 어쩔 수 없이 이해해야 하는 면도 있다.

아버지와 어머니를 일찍 떠나보내고 나니 남은 추억들마저도 기억이 희미해지면서 점점 사라지는 기분이 들었다.

모든 기억들이 다 그렇지 않겠는가.

노들레와 힐데른의 이야기도, 위드가 다시 끌어내지 않았더라면 그대로 묻혀 버렸으리라.

'그분들도 계속 살아 계셨다면 서로 사랑을 하고, 나나 동생이 커 가는 모습들도 볼 수 있었을 텐데.'

아버지와 어머니도 사랑 이야기가 있었다.

커피숍에서 아르바이트를 하던 아버지가 공부를 하러 온

어머니에게 한눈에 반해서 편지와 함께 데이트를 신청하고, 그 후로 만날수록 마음에 들었다고 한다.

실상 어머니는 위드에게 이렇게 말했다.

— 좀 괜찮긴 했는데, 고리타분한 면이 적지 않았지. 빈틈을 보여 주면 남자답게 치고 들어와야 하지 않겠니. 근데 데이트 신청 받는 데만 2달이나 걸렸어. 결혼? 사귀면서 청혼 언제 하나 기다리다 늙어 죽을 줄 알았단다. 넌 앞으로 커서는 절대 그렇게 하면 안 돼.

노들레와 힐데른처럼, 부모님들도 끝까지 사랑을 하면서 행복하셨으면 좋았을 텐데.

"난 절대 아버지 같지는 않으니 다행이지. 바로 어제 키스도 했으니까 말이야."

위드는 깊은 한숨을 내쉬었다.

"그래도 노들레와 힐데른에 대해서 기억하고 알아주는 사람도 점점 없어지겠지. 내가 성공한 퀘스트로서 이름은 알더라도, 나처럼 경험한 사람과는 느낌이 다를 거야. 그들을 위한 조각품을 만들어 줘야 되겠군."

여기까지 생각하고 나니 원래의 세상으로 돌아가기 전에 조각사로서 당연히 해야 할 일처럼 느껴지기도 했다.

위드는 조각 재료들을 찾기 위해서 주위를 둘러보았지만

근처에서는 마땅한 바위를 구할 수가 없었다.

'백사장의 모래를 쌓아서 만들었다가 폭풍이 몰아치기라도 한다면 금방 허물어져 버릴 테고. 그렇다고 해서 제법 멀리 떨어진 산에 가서 조각을 한다면 느낌이 별로인데.'

노들레와 힐데른은 섬에서 살면서 바다를 보며 행복한 시간을 나누었다.

조각품도 마땅히 그들이 마지막까지 함께했던 바다 주변에 세워 놓는 것이 맞으리라.

"다른 곳에서 바위를 옮겨 온다면 너무 힘들까? 아냐, 잘 찾아보면 쓸 만한 재료가 근처에 있을 거야. 조각 재료들은 찾아내지 못할 뿐이지 어디든 있으니까."

위드는 노들레가 그랬듯 집과 백사장 주변을 거닐었다.

산책을 하듯이 걷고 있으니 그들이 보았을 풍경이나 느낌이 더 생생하게 전해졌다.

험한 세상의 위협에도 굴하지 않으며 자신들의 행복을 위해 살아간 연인들.

위드의 눈이 바다로 향했다.

"저거로군!"

바다에서 거친 파도를 견뎌 내면서 우뚝 솟아 있는 큰 바위!

일반적으로 조각품은 가능한 장애물이 없는 편리한 장소에 조각하기 마련이지만, 상황이 그렇지 못하다면 대범하게 시도를 해 보는 것도 좋다.

바다에 우뚝 솟은 바위에 새긴 조각품은 역경을 이기며 살아간 노들레와 힐데른의 인생과도 잘 어울리리라.

"그렇다면 해 보자."

위드는 곧바로 바다로 뛰어들었다.

몇 걸음 떼지 않았는데 몸이 물속에 푹 잠길 만큼, 의외로 상당히 깊은 바다!

목표로 했던 바위는 백사장에서 50미터 정도 떨어져 있었다.

파도가 하얀 포말이 되어서 계속 부서지면서 바위 너머로 사람의 키보다도 높게 솟구쳤다.

"해 보자. 불가능은 없어!"

깡. 깡. 깡.

사막의 대제왕으로 활동하면서도 혹시나 몰라서 조각 도구들은 늘 가지고 다녔다.

왕국들에서 약탈한 최상의 제품들.

대장장이들을 닦달하여 뜯어낸, 다이아몬드로 만든 모루와 정!

장소가 장소이니만큼 조각품을 깎으면서 파도에 흠뻑 젖는 건 당연하고, 눈에도 수시로 바닷물이 튀어 들어갔다.

"실수를 할 수는 없지. 재료를 다시 구할 수도 없는 거니까."

바위를 손으로 만지고 강도를 확인하면서 섬세하게 조각을 했다.

수천 년은 파도를 견디었을 단단한 바위지만 자연적으로 형성되면서 미세한 금들이 깊게까지 이어져 있는 경우도 있어서 주의해야 했다.

바위에 두껍게 낀 이끼와 얽혀 있는 해초, 불가사리 등을 치우면서 작업!

노들레와 힐데른은 젊은 시절이 훨씬 더 잘생기고 예뻤지만, 그들이 나이가 든 할아버지, 할머니의 모습대로 조각을 했다.

행복이 절정에 달한 순간이기 때문이다.

노인 두 사람이 손을 잡고 먼 바다를 보며 파도에 맞서는 조각품!

작업을 시작한 지 불과 10시간도 되지 않아서 작품이 완성되었다.

감정을 따라서 빼고 더할 것을 느끼는 대로 결정했기 때문에 진행이 빨랐다.

-만드신 조각품의 이름을 정해 주십시오.

"이름이야 뭐, 노들레와 힐데른으로 해야지."

-노들레와 힐데른이 맞습니까?

"맞아."

명작! 노들레와 힐데른을 완성하셨습니다!

시간과 자연의 힘이 깃든 조각품이다.

대륙의 역사를 새로 쓰는 조각사의 작품으로, 특별한 대상을 작품으로 만들었다.

위대한 영웅의 조각품은 불후의 명작으로 손꼽기에 부족함이 없으리라.

누군가가 노들레의 모험에 대하여 발견하면 예술적, 역사적 가치는 3배로 증가하게 됨.

예술적 가치 : 4,392.

특수 옵션 : 노들레와 힐데른을 바라본 이들은 생명력과 마나 회복 속도가 사흘 동안 34% 증가한다.

항해 스킬 21% 증가.

용사의 축복 '불굴의 희망'이 부여됨.

반경 4킬로미터 이내에서는 어떤 몬스터도 선제공격을 하지 않음.

발견자들은 특별한 행운으로 모든 스탯이 영구히 2씩 증가함.

다른 조각품과 중복 적용되지 않음.

지금까지 완성한 명작의 숫자 : 25

-조각술 스킬의 숙련도가 향상되었습니다.

-손재주 스킬의 숙련도가 향상되었습니다.

-시간 조각술의 레벨이 초급 2레벨로 증가하였습니다. 조각품의 내구도가 더 높아져서 나쁜 환경에서도 오랫동안 보존됩니다.

노들레와 힐데른의 조각품은 가뿐히 명작으로 탄생했다.

과연 위드가 노렸던 대로였다.

현재의 조각술 숙련도는 고급 9레벨 94.1%.

전쟁의 시대에서도 드물게나마 조각품을 만들었고, 조각술 최후의 비기 퀘스트도 완료했다. 명작의 조각품까지 성공시켰더니 조각술 마스터도 정말 얼마 남지 않았다.

"그래도 좀 허전한데. 노들레와 힐데른이 고작 명작이라니……. 내가 성의가 조금 모자랐던 것도 같아."

위드는 스무 날을 더 그곳에 머무르면서 조각품을 만들었다.

조각사의 인생에서 여러 힘든 조각품들을 깎아 보았지만 이번이야말로 사상 최대의 작업.

시간이 오래 걸렸다고 볼 수는 없지만 아주 어려운 고난이도의 작업이었고, 마지막 전투에서 입수한 드래곤의 뼈와 비늘도 아끼지 않고 썼다.

"이제 나도 아무 후회가 없겠군."

위드는 작업을 마치고 나서 미련 없이 원래의 세상으로 돌아가는 포탈로 들어갔다.

그가 떠나고 난 해안가는 조각품을 만들기 전과 비교해서 아무런 변화가 없었다.

백사장의 모래는 여전히 반짝이고, 눈에 띄는 어떤 조각품이 세워진 것도 아니었다.

하지만 수평선으로 시선을 옮겨 보면, 거칠고 험한 파도와 맞서고 있는 노들레와 힐데른의 명작 조각품이 보인다.

정말 잘 어울리는 바다 풍경과 조각품이었지만, 다른 작품은 보이지 않았다.

위드의 다른 조각품은 맑고 푸른 바다 아래에 있었다.

산호초가 펴져 있는, 깊지 않은 바다.

보로타 섬의 좁은 골목을 뛰어다니는 작은 아이들부터, 뗏목을 타고 바다로 나아가는 조각품.

대륙을 헤매면서 싸우고, 살아가고, 도망치고.

사막의 생활과 엠비뉴 교단을 상대로 한 전투가 해저에 그리듯이 새겨졌다.

노들레와 힐데른.

각 시기마다 두 연인은 드래곤의 뼈와 비늘, 미스릴을 이용하여 호화로운 동상을 세워 표현했다.

그들이 살아간 일대기가 전부 조각품으로 탄생되어 있었다.

해저의 암초들을 재료로 하여 만들어 놓은 조각품의 제목은 '바다를 그리워하며 살아간 행복한 두 사람'.

삶을 괴롭히는 파도에 상처를 입었을 두 사람이지만, 바닷속은 형형색색의 작은 물고기들이 떼를 지어서 헤엄을 칠 정도로 잔잔하다.

시간 조각술이 부여되어 있기에 오랜 세월이 지나더라도 자연적인 손상은 발생하지 않으리라.

작품이 완성되는 순간 바다의 보물로 기록된 대작의 조

각품!

아마도 인간들 사이에서는 쉽게 발견되긴 힘든 작품이었다.

— 저길 봐.

— 어머어머, 너무 멋지다.

하지만 바다에서는 조각품에 대한 소문이 금세 퍼지면서 꿈 많은 인어들이 찾아왔다.

— 인간 세상이 다 저렇다니 참 무서워.

— 그래도 멋지지 않니?

인어들이 매일 방문을 하고, 조각품 주변으로는 알록달록한 물고기들이 헤엄을 치며 지나갔다.

"재미있는 모험의 끝을 보았군. 그렇지 않으냐, 베르사."

-재미의 기준을 무엇으로 놓느냐에 따라서 가치가 달라질 수 있는 질문입니다. 현재 위드가 달성한 퀘스트의 성과는 약 279% 정도로, 목표치를 압도적으로 초과했습니다. 이러한 결과가 출현할 수 있는 확률은 0.003%에 불과한 수준으로…….

"그만!"

유병준은 더 이상 듣고 싶지 않았다.

위드는 불가능에 가까운 임무를 성공시켰다. 그 와중에 드래곤을 이용한 것이 결정적이기는 하지만, 반드시 그 이유 때문이라고 볼 수도 없다.

본래 노들레의 퀘스트에서는 아헬른의 희생으로 드래곤을 무사히 봉인할 수 있었다. 그런데 혼돈의 드래곤을 봉인하는 것으로 끝나지 않고 아예 처리를 해 버린 것은 정말 기대하지 못한 성과였다.

유병준은 위드의 입장에서 그 이유를 찾아냈다.

"앞날을 내다보지 않고 적극적으로 살아가면 그런 기적도 일으킬 수 있다고나 해야 할까. 나처럼 머리가 좋다 보면 이런 부분에서는 불리하군."

결국 자기 자랑!

—…….

인공지능조차도 아무런 말이 없었다.

위드가 성공하는 모습을 보고 있으면 왠지 괜히 얄밉고 심술이 난다.

하지만 이제 모험은 끝났고 현실로 돌아와야 할 때였다.

"재미는 있었지만 퀘스트를 진행하면서 잃어버린 기회나 비용이 너무 커. 충분한 시간만 주어진다면 다시 만회할 수 있겠지만……. 내 모든 재산과 권한을 이어받을 후계자는 바드레이가 될 가능성이 여전히 높겠군."

조각술 최후의 비기를 얻어 냈어도 위드는 당장의 손해가 막심했다.

로드릭 미궁에서는 조각 부활술을 사용했으며, 사막에서도 무려 열셋이나 되는 조각 생명체를 만들어 냈다.

초보 시절에야 조각품에 생명을 부여하고 나서 입는 레벨의 손실을 만회하기가 그렇게 어렵지 않지만, 레벨이 400이 넘는 지금은 치명적이다.

원래의 세상으로 돌아오는 순간 20에 가까운 레벨 하락은 이미 결정되어 있었다.

하벤 제국과의 세력적인 측면에서도 불리한 전황이 역전될 정도로 당장의 엄청난 변화는 없다.

시간의 조각술을 완전히 숙달되게 활용하려면 많은 수련이 필요한데, 북부의 위협은 당장 시급하게 닥쳐왔다.

유병준이 확인해 본 바로는 위드와 바드레이의 레벨 차이만 90 이상.

생산과 조각술의 비기들이 도움은 되겠지만, 전투 스킬의 다양함이나 숙련도에서도 심하게 차이가 난다.

시간 조각술이라는 최후의 비기가 있지만 그것을 자유롭게 쓸 수 있을 정도로 내버려 두지도 않을 것이다.

현재로써는 바드레이와 싸워서 이긴다는 건 정말로 일어날 수 없는 일이 아닌가 싶었다.

또한 유병준은 인공지능을 통해서 베르사 대륙에서 암중으로 벌어지는 많은 일들을 파악하고 있었다.

헤르메스 길드의 암살대와 첩보원들이 북부 지역에 대거

파견되어 있다. 그들은 북부에서 레벨이 높은 유저들을 암살할 뿐만 아니라 매수도 하고 있었다.

중앙 대륙에서 쫓겨난 고레벨 유저들에게 다시 고향으로 돌아갈 수 있게 해 주고 높은 지위도 주겠다고 하면서 풀죽 신교를 배신하라고 한다.

"제안은 고맙지만 선뜻 내키지가 않습니다. 이제 겨우 북부에 정착을 했는데요."

"북부는 하벤 제국군에 의해서 곧 초토화될 겁니다. 그 이후에는 저항에 대한 대가로 가혹한 지배가 이어지게 되겠죠. 북부를 선택해서 얻는 불이익을 냉정하게 생각해 보시는 편이 좋습니다."

"갈 곳 없던 저를 받아 주었습니다. 그리고 아는 사람도 많고……."

"헤르메스 길드에서는 줄 수 있는 게 많습니다. 기회는 두 번 세 번 찾아오지 않아요. 헤르메스 길드에는 선택된 사람들만이 들어올 수 있습니다."

우정과 의리는 돈과 권력 앞에 속절없이 무너졌다.

간혹 그 고고함을 지키려는 이들에게는 더욱더 많은 대가를 지불하면서 결국에는 헤르메스 길드 편으로 만들었다.

북부에서 활동하는 이름 있는 유저들에게도 적극적으로 접근해서 그들을 매수하고 있는 중이다.

헤르메스 길드가 무서운 점은, 그들은 일찍부터 장기간의 계획을 세울 뿐만 아니라 승리를 위해 수단과 방법을 가리지 않는다는 것이다.

사자가 토끼를 잡을 때에도 최선을 다하는 것처럼 북부를 초토화시키기 위해서 아낌없이 음모를 총동원했다.

"위드는 마법의 대륙 시절에 무자비한 폭군이었다."

"힘을 가지면 사람은 변하기 마련이다. 지금의 위드에게 속아서는 안 된다."

여전히 효과가 크지 않은 유언비어 살포도 계속되었다.

북부의 유저들이 똘똘 뭉쳐서 대항을 하니 그들을 사분오열 흩어 놓을 계략도 밑바닥에서 꾸준히 진행되었다.

상인들도 각 조합별로 북부와의 거래를 중단하고, 주요 거점에 자금을 투자하여 폐업을 시키면서 돈으로 상업을 황폐화시키고 있었다.

문화에도 막대한 자금을 이용하여, 건축물과 예술품을 돈으로 찍어 냈다.

지금 벌어지는 전쟁 외에도 장기적으로 북부의 유리함을 없애서 발전의 원동력까지도 끊어 놓겠다는 속셈이 분명했다.

헤르메스 길드의 수장인 라페이는 앞서서 사람들을 이끄는 영웅적인 면모는 부족하다. 하지만 그는 멀리 보고 세세하게 살필 줄 아는 참모 역할을 충실히 해냈다.

나중에라도 하벤 제국에 위협이 될 만한 세력이 나타난다면 그것은 북부가 될 가능성이 크다는 생각을 하고, 아예 본보기가 될 정도로 씨를 말려 버릴 작정인 것이다.

"바드레이를 한번 만나 봐야 되겠군."

-그에게 후계자 시험을 실시할 준비를 해 둘까요?

바드레이의 모든 정보는 그를 보호하기 위해서 일차적으로 조사되어 있었다.

유병준이 인공지능의 도움을 받아서 우연하게 만나는 자리를 만든다면 바드레이는 알아차리지도 못할 것이다.

"아니, 아직은. 뻔한 결말이라고 하더라도 끝이 날 때까지는 기다려 주는 게 예의겠지. 위드의 마지막 발악도 지켜봐 주고."

The Legendary Moonlight Sculptor

왕의 귀환

위드가 다시 나타난 장소는 아르펜 왕국의 수도인 대지의 궁전이었다.

높은 산들을 끼고 지어진 왕관 형태의 궁전!

다양한 색상의 돌을 쌓아서 지은 궁전에는 크고 작은 건물들이 이미 완공되어 있었다.

띠링!

조각술 최후의 비기 연계 퀘스트의 목표 추가 달성에 대한 보상

남쪽 사막에서 일어난 정복자는 모래 폭풍처럼 중앙 대륙을 휩쓸어 버렸다.

그는 7인의 결사대를 조직하여 엠비뉴 교단을 패망으로 이끌고 드래곤의 목숨도 거두었다.
퀘스트에 대한 보상으로 시간의 보너스가 적용됩니다.
***시간의 보너스 :** 모두가 우러르던 사막의 대제왕 위드는 기나긴 시간 속에서 사라졌습니다.
팔로스 제국이 물러간 뒤에 중앙 대륙의 왕국들은 그 치욕스러운 흔적을 지우기 위하여 열심이었습니다. 이제는 그 흔적조차 알려지지 않게 되었지만, 대제왕이 남긴 역사적인 발자취의 유산들은 어딘가에 단단히 남아 있을 것입니다.
그것을 발견해 낸다면 '지나간 삶을 되돌아볼 수 있는 기회'를 얻게 됩니다.
특별한 기억은 당신에게 경험과 노련함을 안겨 줄 것입니다.

사막의 대제왕 위드의 스킬과 장비를 얻을 수 있는 퀘스트가 고요의 사막 어딘가에서 발생합니다.
사막 전사로의 전직이 반드시 필요하며, 퀘스트를 완료하였을 때에는 사막 부족들을 통합한 왕국이 건국됩니다.
이 퀘스트는 유저들만이 진행할 수 있는 것은 아니며, 사막 지역의 NPC들도 수행할 것입니다.
퀘스트 도중에는 목숨이 오가는 위협을 다수 겪어야 합니다.
퀘스트를 완료하면서 얻는 힘에 대한 보상은 매우 클 수 있습니다.
사막의 전사들은 가장 우러러 존경하는 대제왕의 후인이 되기 위하여 노력할 것이기 때문에, 기회가 주어지는 시간은 길지 않을 것입니다.
NPC에 의해 퀘스트가 종료되면 그는 당신에게 어느 정도의 존경심을 보일 것입니다. 하지만 그가 보여 주는 충성심은 잠깐에 불과하며, 힘과 자유로움을 숭상하는 사막 전사는 진심으로 굴복하지 않는 한 곧 배반할 것입니다.

대지의 궁전에 도착하셨습니다.
궁전의 건립으로 아르펜 왕국의 국왕으로서 발휘할 수 있는 통치 능력이 349% 늘어납니다.
주민들에게 미치는 영향력이 증대됩니다.
카리스마, 통솔력, 기품, 용기, 명예, 신앙이 120씩 높아집니다.
궁전의 통치 범위 내에서는 주민들에게 명성과 명예가 최대치로 적용됩니다.

시간의 보너스의 적용!

위드의 흔적이 이 세상에 더 크게 남을 수 있다는 의미였다.

잊힌 영광이 되돌아오게 된다면 어쨌든 그것도 대단한 일이다.

"그래도 적자야. 퀘스트를 완벽하게 완수하기 위해서 너무 노력했던 것 같군. 차라리 현찰이 더 좋은데 말이야."

대지의 궁전은 국왕이 받을 수 있는 엄청난 특혜였다.

다른 유저들은 주민들에게 기품이 모자란다거나 명예롭지 못하다면서 거래를 거절당하고 퀘스트도 부여받지 못하기도 하는데, 대우가 완전히 다른 것이다.

위드는 작은 목소리로만 중얼거렸다.

"정말 세상은 불공평해. 그래도 뭐, 이대로도 괜찮으니 굳이 바뀔 필요는 없겠지."

남들이 받으면 특혜지만, 자신이 받으면 뿌듯하며 당연한 것이 세상을 살아가는 기본 이치였으니까.

대지의 궁전에서는 바쁘게 뛰어다니는 유저들이 많이 보였다. 궁전 내부의 시설이나 상점을 이용하려는 유저들이다.

상인들도 좌판을 깔고 필요한 물건들을 판매했다.

"하벤 제국 놈들은 어디까지 왔대?"

"누르 평원을 지나고 있는데, 그 지역을 지키기 위해 풀죽신교에서 결사 항전 중이래."

"그 정도면 아마 사흘 거리쯤 되나?"

"응. 누르 평원만 뚫리면 이곳까지는 금방이니까 말이야."

위드가 조각품을 깎으면서 보낸 스무 날의 시간 동안 하벤 제국군은 연전연승을 거두었다.

목표로 하는 대지의 궁전을 코앞에 두었지만, 북부의 유저들도 벌 떼처럼 몰려들어서 싸우고 있는 중이었다.

북부 유저들이 간직하고 있는 것은 불안정한 희망!

— 전쟁의 신 위드가 우리의 국왕이다.

— 국왕이 돌아오면 모든 상황은 뒤바뀌게 되리라.

— 알지 않는가, 세상의 역사는 위드에 의해서 바뀌었다. 드래곤도 목숨을 잃었다. 하벤 제국은 상대도 되지 못한다.

북부 유저들은 이렇게 떠들고 다녔다.

물론 하벤 제국에서도 가만있지 않았다.

— 위드는 패배자다. 이미 싸워서 이기지 못하고 목숨을 잃었다. 바드레이는 무적이다.

— 퀘스트에서는 우연이 쌓여서 드래곤이 죽었을 뿐이다. 하벤 제국은 대륙 전체를 점령할 정도로 강대하다. 북부가 초토화되는 것으로 이것이 증명되리라.

위드는 팔은 안쪽으로 굽는다는 말처럼 북부 유저들의 편은 아니었다.

"내 팔자가 그렇게 좋진 않았으니까. 어디 보자, 스탯 창!"

캐릭터 이름 : 위드	성향 : 신의 전사
레벨 : 419	직업 : 전설의 달빛 조각사!
칭호 : 세상을 바꾸는 조각사	
직위 : 고귀한 혈통을 간직하고 있는 아르펜 왕국의 국왕	
명성 : 192,912	
생명력 : 54,830	마나 : 23,394
힘 : 1,557	민첩 : 1,178
체력 : 291	
지혜 : 402	지력 : 484
투지 : 611	지구력 : 412
인내력 : 1,230	
예술 : 3,329	카리스마 : 664
통솔력 : 932	행운 : 255
신앙 : 711+435	매력 : 811+30
맷집 : 621	기품 : 519
정신력 : 303	용기 : 392
명예 : 789	통찰력 : 1
자연과의 친화력 : 1,829	
공격력 : 9,102	방어력 : 2,293

마법 저항 불 : 49% 물 : 46%
대지 : 43% 흑마법 : 44%

+모든 스탯에 20개의 포인트가 추가됩니다.
+예술에 추가로 80개의 포인트가 부여됩니다.
+달이 뜨는 밤에는 30%의 능력치의 향상이 있습니다.
+아이템과 특화됨.
+모든 생산 스킬을 마스터의 경지까지 배울 수 있게 됩니다. 모든 아이템 제조와 제련의 스킬에 우대 적용. 최고급 스킬들을 배울 수 있습니다.
+특이하거나 예술적 가치가 높은 조각품을 만들면 명성이 상승합니다.
+조각품과 생산 스킬, 전투 경험, 퀘스트로 인하여 전 스탯이 312 증가합니다.

레벨은 419.

전쟁의 시대에서도 서윤과 함께 사냥과 모험을 하면서 레벨을 올렸다. 보덴 마을에 도착해서 포르투의 국왕에게 저주를 받기 직전의 마지막 상태가 438.

하지만 사막에서 조각 생명체들을 탄생시키면서 많은 레벨을 잃었다.

사막의 대제왕으로서 믿기지 않는 모험을 성공시켰지만, 그 무력은 원래의 세상으로 돌아오면서 사라져 버리고 말았다.

"내가 모험을 하는 동안에 바드레이는 양질의 몬스터들을 듬뿍 해치우고 레벨과 스탯, 장비 등을 얻어서 강해졌겠지."

또한 바드레이만이 강해진 것도 아니고, 위협적인 그의 친위대나 길드원들 역시 덩달아서 강해졌을 것이다.

'베르사 대륙에서 가장 앞서 가는 바드레이라면 거의 레벨 500을 목전에 두고 있지 않을까. 혹은 어떤 좋은 사냥터를 찾아서 이미 넘겼을 수도.'

위드가 모험을 마치고 돌아와서 얻은 스탯이나 사냥 경험이 상당하다 보니 같은 레벨대에서는 적수를 찾을 수 없을 정도로 강력했다.

앞으로의 몬스터 사냥에서도 레벨을 빨리 올릴 수 있게 해주는 큰 장점이 되리라.

남들이 10시간 고생해서 비슷한 레벨대의 몬스터를 사냥하는 동안, 위드는 거의 절반 정도의 시간이면 충분할 테니까.

하지만 훗날의 이야기가 될 것이고, 지금 당장은 퀘스트에 투자하며 지출한 손해가 여러모로 컸다.

'바드레이가 놀고먹었을 리가 없지. 착실하게 사냥을 했으면, 지금쯤이면 일대일로 붙어도 예전보다 훨씬 더 크게 비교도 할 수 없을 정도로 밀릴 거야.'

위드의 주변에서는 여전히 유저들이 떠들고 있었다.

"사막의 대제왕 위드 님이 나타나면 바드레이 따위는 휘융, 융융 하고 멋지게 검을 휘둘러서 날려 버릴걸."

"……."

"야야, 그럴 필요가 뭐가 있어. 유성 소환 한 번이면 다 끝장인데."

"그렇지? 하벤 제국군의 머리 위로 유성이 소환되어 버리면 다 작살나 버리겠다."

위드는 사실대로 말을 해 주고 싶었다.

유성 소환이 애들이 엄마 말 잘 들으면 받는 용돈도 아니고, 그런 스크롤 같은 것은 더 이상 가지고 있지도 않다고.

시간 조각술을 배우기는 했지만 지금으로써는 빈털터리와 크게 다르지도 않다.

빛 좋은 개살구라는 말이 딱 어울릴 법한 상황이었다.

당장 전투를 치러 본다면, 사막의 대제왕이었을 때에는 놀면서 해치웠던 몬스터들이 지금은 서둘러 무덤 자리를 알아봐야 할 만큼 강하게 느껴질 테니까.

"뭐, 최악은 아니야. 그래도 내가 가지고 있는 재산은 많이 있지. 비겁함과 비열함, 끈기, 치사한 술수 같은 것 말이야."

위드는 대지의 궁전을 걸었다.

대지의 궁전은 7개의 산 정상에 걸쳐져 있기 때문에 산을 통해서 중요 건물들을 찾아갈 수 있었다.

중앙에 있는 가장 높은 산에는 국왕을 위한 궁전이 세워져 있다.

원래 이 산에는 고블린들이 많이 살아서 난쟁이 습격자의 산으로 불리었지만, 지금은 사람들이 모험과 번영의 산으로

부른다.

왕궁 건물이 있기 때문에 귀족이 아니거나 국가에 공적을 세우지 못한 허락되지 않은 자들은 일절 들어갈 수가 없었으며, NPC 기사들에 의해 삼엄하게 지켜지고 있었다.

니플하임 제국에서부터 살아남은 벤트 성의 기사들. 모라타의 자경단에서부터 성장한 기사들이 1,000명이 넘었다.

위드가 전쟁의 시대로 가면서 국왕으로서 명령을 남겨, 아르펜 왕국군은 전투 행위에 일절 참여하지 못하고 있었다.

국왕이 자리를 비우면 백작 이상의 다른 귀족들이 군대의 지휘권을 이어받기도 하지만, 신생 왕국인 만큼 그런 귀족이 존재하지 않았다.

국왕이 임명 가능한 주요 요직들은 조각 생명체들이 차지하고 있었으니 아르펜 왕국은 군대의 전력을 고스란히 유지하고 있었다.

"멈춰라! 그런 차림으로는 통과하지 못한다. 또한 여기는 아르펜 왕국에 큰 공을 세워서 허락된 자만 발을 들여놓을 수가… 허억! 어서 오십시오!"

위드가 지나가려고 하자 갑옷을 입고 길목을 지키고 있던 기사들은 막으려다가 서둘러 비켜섰다.

"수고가 많다."

"영예로운 분을 뵙게 되어서 이루 말할 수 없는 영광입니다."

위드는 자신을 위한 왕궁을 향하여 걸었다.

주요 관문과 정원에는 10미터 간격으로 기사들이 배치되어 있었다.

그들은 위드를 막으려다가 검을 뽑아서 가슴에 대며 예의를 취했다.

"성스러운 분을 뵈옵니다."

"신께서 이 땅을 위해 내리신 분께 경배를!"

기사들의 태도는 정중하기가 이루 말할 수가 없었다.

국왕이라고 해도 모두 기사들로부터 이런 충성을 받는 건 아니다. 명성이나 명예가 형편없는 국왕은 극진한 대우가 아니라 기사들로부터 모욕과 비난을 당하기 일쑤이며, 배신당하여 등 뒤에서 검에 찔리기도 한다.

그러나 위드의 경우에는, 북부 출신 주민들이 절대적인 충성심을 보일 뿐만 아니라 다른 지역에서도 존경을 한 몸에 받고 있었다.

떠돌이 자유 기사들조차 자발적인 복종을 위하여 모여들 정도였다.

기사 유저들은 아르펜 왕국에 소속되는 것만으로도 높은 명성과 명예를 유지하여 모험에서 혜택을 입고 병사들을 유리한 입장에서 거느릴 수 있다.

위드가 왕궁을 향하여 걷자 중간에 마주친 기사들은 전부 예를 취한 후에 뒤를 따라서 걸었다.

기사들이 30명이 넘었을 때부터, 왕성에 있던 유저들은 이상하다는 눈빛을 보냈다.

"뭐야, 또 이벤트?"

"모르지. 어디서 보물이라도 발견한 모험가 아니야?"

북부에서는 모험이 적극적으로 권장되다 보니 도시 안에서도 온갖 새로운 일들이 자주 일어나는 편이었다.

엄청난 발견물을 가지고 돌아와서 왕국에 기증을 하겠다고 하면 기사들의 호위를 받는 경우도 적지 않았다.

치안을 악화시키는 몬스터를 퇴치하더라도 공적을 인정받아 왕궁에서 신입 기사로 임명되거나 남작 같은 하위 귀족의 작위를 얻기도 한다.

남작이 되면 영주로서 작은 마을이라도 다스릴 수가 있는데, 그러자면 기사들을 고용하거나 친밀도를 올려서 개인 기사로 임명을 해야 한다.

영광스러운 자리인 만큼 왕궁으로 작위를 받으러 오며 자신의 기사들을 데리고 와서 과시하는 경우도 자주 있는 것이다.

하지만 마주치는 기사들마다 극도의 공경과 함께 인사를 하고 뒤를 따라간다.

그 숫자가 50명을 넘어섰을 때는, 유저들 사이에서도 점점 흥분이 커져 갔다.

"그러고 보니 저 평범한 초보 복장은……."

"한때 전쟁의 신 위드 님을 따라 한다고 해서 저 옷차림이 유행이 되긴 했지. 그리고 유행이 지나가고 나니까 저렇게 평범한 복장까지는 이제 누구도 하지 않잖아."

"슬슬 돌아오실 때가 되었다고도 느끼고 있었는데. 정말 왕의 귀환인 거야?"

"친구들한테 알려야겠다. 사실이면 정말 대박!"

"외모를 좀 봐. 저 뽀얀 피부와 맑은 눈빛은 평범하다고 할 수는 없는 얼굴인데."

모험을 통해 매력 스탯도 한꺼번에 많이 오르다 보니 피부에도 조그만 변화가 있었다.

어떤 비싼 옷을 입어도 중저가 시장 상품으로 만들어 버리던 얼굴에서 삼겹살을 먹은 것처럼 은은한 기름기가 흐른다.

"기사들의 태도를 봐. 확실해. 게다가 눈곱도 끼어 있잖아."

"아, 그렇구나."

기사들처럼 유저들도 위드의 뒤를 졸래졸래 따라왔다.

사람들의 숫자는 눈덩이를 굴리듯이 더욱 늘어났고, 그들이 지인들에게 알리면서 그 소식은 빠르게 북부 대륙 전체로 퍼져 갔다.

던전에서 사냥을 하던 무리에게도, 퀘스트를 위해서 특이한 지형을 헤매며 독초를 찾던 유저에게도, 북부 대륙을 지키기 위해서 하벤 제국과의 전쟁에 나선 사람에게도.

"저기요, 미안한데 저 사냥 그만하고 마을로 돌아가야겠습니다."

"왜요, 전사가 이렇게 빨리 가면 남은 사람들은 어떻게 하라고요. 완전 민폐잖아요."

"제대로 납득할 만한 이유가 없으면 다음부터는 같이 사냥 못 다니겠네요."

"그게… 위드 님이 돌아왔답니다. 위드 님을 보러 가고 싶어서요."

"정말입니까?"

"진짜요?"

"제 친구에게 들었습니다. 상인으로 꽤 이름이 알려진 유저인데, 과거에 위드 님의 물건을 조금 거래한 적이 있죠. 근데 지금 대지의 궁전에서 직접 자기 눈으로 보고 있다고, 확실하답니다."

"그런 이유라면 진작 말해 주셨어야죠. 다들 위드 님 보러 대지의 궁전으로 갑시다."

"사냥은 어떻게 하시고요?"

"무슨 소리예요. 지금 사냥이 중요해요?"

모든 북부 유저들에게 소식이 전파되는 데에는 불과 3~4분도 필요하지 않았다.

이야기를 들은 사람이 다른 친구들에게, 또 친구들에게, 알음알음 한꺼번에 퍼져 나가고 있는 것이다.

누르 평원에서 하벤 제국과 불리한 전투를 치르고 있던 풀죽신교의 무리도 그 소식을 바로 접했다.

"우와아아아아!"

"만세!"

"그분이 왔노라!"

갑작스러운 함성에, 하벤 제국군은 의아했다.

"저놈들이 무슨 수작을 벌이는 것이지?"

"그러게나 말입니다. 몰살당하기 전에 기뻐하기라도 하는 것인지."

"속보입니다. 전쟁의 신 위드가 돌아왔답니다."

"뭣이?"

헤르메스 길드의 정보망에도 위드의 등장이 빠르게 알려졌다.

라페이와 길드의 수뇌부도 급하게 전해진 위드의 소식을 들었다.

"드디어 나타났군요."

"전쟁의 끝이 얼마 남지 않았다고 여겼는데 저항이 다시 거세지겠습니다."

"정벌군에 만반의 대비를 다할 수 있게 해 주세요. 특히 위드가 계획을 세워서 반격을 해 올지 모르니 보급대의 타격을 주의해야 합니다."

"호위 병력을 2배로 늘릴까요?"

"3배로 늘리고, 보급 부대를 더 많이 출발시켜야 합니다."

헤르메스 길드의 수뇌부에서는 조금의 방심도 없었다.

아무리 압도적인 세력을 가졌더라도 위드를 공격할 때에는 결코 무시해서는 안 된다.

라페이는 북부 정벌의 초창기에는 이성적으로 생각하여 두세 번의 전투만 이기면 된다고 여겼다.

'한 번의 패배는 힘의 차이를 느끼게 해 주고, 두 번과 세 번 정도의 패배는 더 이상 덤벼들지 못할 정도로 짓밟아 주는 게 되겠지. 하벤 제국의 전력은 베르사 대륙의 누구도 상대하지 못한다.'

그런데 북부에서는 하벤 제국의 지배에 맞서서 계속 싸우고 있었다.

이미 그것으로 계획은 틀어졌다.

위드는 전장에 나서지 않았지만, 그 또한 퀘스트를 통해서 끊임없이 사투를 벌이는 모습이 극적인 장면들과 함께 텔레비전에 그대로 나왔다.

베르사 대륙을 위해서 이루어 내는 일들이 사람들에게 깊은 감명을 주고 용기와 희망을 불어넣었다.

그럼으로써 북부 유저들의 거센 저항은 갈수록 거세어지고 있었는데, 이제 위드가 돌아온 이상 그 여파는 아직 전쟁에 나서지 않은 유저들에게까지 더 크게 번져 나가리라.

헤르메스 길드의 수뇌부는 북부의 전력 자체에 대해서는 그다지 대수롭지 않게 생각하였지만 위드까지 무시하지는 못했다.

어비스 나이트 반 호크와의 전투를 준비하고 있던 바드레이도 소식을 접했다.

"위드가 나타났답니다."

'당연히 올 것이 왔군.'

바드레이는 조용히 검을 뽑았다.

하벤 제국 전역에 걸쳐서 최고의 장비와 사냥터가 그에게 제공된다. 무기와 방어구, 착용 가능한 액세서리까지, 모두가 최고의 것들이다.

과거에도 위드를 이겼지만 그를 보면서 부족한 점도 많이 발견했다.

일점 공격술을 통한 사냥이나, 대형 몬스터를 향해 목숨을 걸고 하는 과감한 돌격.

'나는 이길 수 있는 싸움을 확실히 이기지만, 그에게는 이기지 못할 싸움도 이기는 재주가 있지.'

위드가 퀘스트를 끝내 성공시킬 때, 바드레이는 가슴이 덜컥 내려앉았다.

모험으로 그가 받았을 보상, 조각술 최후의 비기가 무엇인지 궁금하기도 하고 인간적으로 두렵기도 했다.

'순수한 예술 스킬이었으면 좋겠는데.'

과거에 이겼다는 건 더 이상 자랑거리가 되지 못한다.

바드레이는 다시 한 번 모두가 보는 앞에서 위드를 죽여 자신과의 차이를 증명할 결심을 했다.

위드는 기사들과 유저들을 줄줄이 따르게 한 채로 거침없이 걸었다.

성큼성큼 내딛는 발걸음 뒤로 유저들의 함성 소리가 들렸다.

"전쟁의 신 위드!"

"위드 님, 맞습니까? 맞으면 고개 한 번만 끄덕여 주세요!"

"보고 싶었어요. 저 기억하시지요, 모험가 레툴입니다!"

"돌아오신 것을 환영합니다. 빙룡 광장 상인 연합의 페나툴이에요."

"위드 님, 저번에 잡템 파시면서 잠깐 쓸 일이 있다고 2골드만 빌려 달라고 하셨는데, 떼먹지 말고 얼른 갚으세요!"

열화와 같은 유저들의 환호!

대지의 궁전에 머무르고 있던 거의 모든 유저들이 모여들면서 난리법석이 일어났다.

기사들이 호위를 하며 접근을 막아 주고 있었지만 역부족이라고 느껴질 정도로 사람들이 몰려들었다.

'건축물은 튼튼하고 꼼꼼하게 잘 지어졌군.'

위드도 대지의 궁전에 온 것은 처음이었기에 눈동자를 굴려서 구석구석을 확인했다.

대충 지으면 문제가 생기기 쉬운 건물의 누수나 균열, 이음새의 벌어짐, 마감 상태 불량 등!

건축가들이 자발적으로 성의를 다해서 왕궁 건설에 참여했기 때문에 그런 일은 있을 수가 없었다.

보통 돈은 적게 주고 시공 기간은 빨리해서 지어 달라고 하면서 요구 사항만 잔뜩 들이밀면 건축가들도 불만이 쌓인다.

북부의 건축가들은 비교적 평균 레벨이 낮아서 뛰어난 기술들은 갖지 못했다.

건축 스킬이 늘어나면 얻을 수 있는 이점, 즉 기둥의 면적을 최소화하고 투입하는 재료의 양을 줄이더라도 무거운 무게를 견딜 수 있는 건물을 만들 수 있는 그런 기술은 없었다.

하지만 판잣집에서부터 위대한 건축물에 이르기까지의 풍부한 시공 경험을 바탕으로 해서 왕궁을 지었다.

정말 실력이 낮은 건축가들은 도로에 돌을 깔거나, 조경사와 합심해서 작은 화단이라도 만들었다.

자신의 이름을 걸고 하는 작업인 만큼 실수는 용납되지 않았다.

아르펜 왕궁은 200만 골드로 시작되었지만 유저들의 기부와 참여로 인해 멋지게 완공된 것이다.

위드는 왕궁으로 올라가는 계단 앞에 섰다.

금과 은으로 도금된 의전용 갑옷을 입은 왕실 기사단이 백여 칸의 계단에 검을 뽑아 든 채로 서 있었다.

"폐하를 알현합니다."

척!

가슴에 검을 올리며 허리를 숙인다.

"진짜 위드 님이었어!"

"대박이다! 정말 멋지잖아!"

몬스터를 보면 뒤돌아서 전력으로 도망친다는, 부실의 대명사와 같던 왕국의 기사들이 조금은 달라졌다.

문화와 교역으로 인해 왕국의 국경이 확장되며 왕국군은 치안 확보를 위해 투입.

다른 왕국과의 전쟁도 아니었지만, 아르펜 왕국군에게는 몬스터와 도적 떼를 소탕하는 것만으로도 상당히 버거웠다.

용병, 사냥꾼, 유저 등과 함께 도둑으로부터 치안을 유지하고 몬스터로부터 위협받는 마을들을 구원해 냈다.

인구가 폭발적으로 증가하고 개척 마을이 수도 없이 생겨나기에 기사들과 병사들은 어려운 전투를 계속해야 했다.

그리하여 어디에 내놓더라도 창피하지 않은 수준의 군대는 갖추게 되었다.

베르사 대륙에서 내로라하는 여러 왕국들이 경쟁을 하던 시절이라면 당당하게 일개 국가로 자리매김을 했으리라.

그러나 하벤 제국의 침공에 정면으로 맞서다가는 그대로

허무하게 전멸하여 사라질 불안정한 병력이기도 했다.

위드는 기사들이 열어 주는 길을 통해서 왕궁의 계단을 올랐다.

한 계단씩 오를 때마다 유저들의 함성 소리는 더욱더 커져만 갔다.

'내가 도대체 뭘 했다고… 나는 저들의 존경을 받을 만한 가치가 있는 사람일까?'

"위드 님!"

'모두가 자신의 일처럼 기뻐해 주는구나. 이게 아르펜 왕국, 그리고 저들은 나의 국민.'

"와아아아!"

'세금을 올리더라도 괜찮겠군. 그 시기는 언제가 좋을까, 내일모레 정도?'

모든 환호가 세금 인상으로 연결되는 독재자의 정신세계!

"폐하의 방문을 환영합니다."

위드가 왕궁의 입구에 도착하자 기사들이 닫혀 있던 정문을 활짝 열었다.

그리고 보이는 왕궁의 실내 모습!

아르펜 왕국은 검소하다 못해서 짠돌이로 불리고 있었지만, 내부에는 금과 보석으로 화려한 장식들이 가득했다.

지방 도시들에서도 들어오는 막대한 세금 수입으로 국왕을 위한 공간을 치장했다.

물론 사치성이 없는 것도 아니지만, 이는 고급품을 거래하고 싶어 하는 유저들에게도 필요한 일이었다.

아직 유저들의 귀금속을 기반으로 한 세공품의 자체 생산 실력은 그다지 뛰어나지는 않지만, 모험과 교역의 활동 반경이 넓어지면서 니플하임 제국의 유물들이 계속 발견되고 있다.

이런 고급품들이 상점의 창고에서 먼지를 뒤집어쓰고 있는 것도 아까운 일.

붉은 양탄자가 깔려 있는 길을 걸어서 대전의 중심부에 위드가 섰다.

대전의 중앙에는 살아 있는 생명체처럼 빛의 구슬이 둥둥 떠 있었다.

북부의 모험가들이 발굴한 '니플하임 제국 황제의 눈'.

왕궁에 놔두면 국가 영토 내의 장소를 새가 날아다니는 높이에서 볼 수 있으며, 통치력을 4%나 늘려 주는 귀한 물건이었다.

사용 제한에는 최소한 국왕 이상의 자격이 필요해서, 일반 유저들은 쓰지도 못하기 때문에 기부를 하였다.

띠링!

> -아르펜 왕궁이 완공되었습니다.
> 왕궁이 세워진 이곳을 아르펜 왕국의 수도로 지정하는 것을 허락하시겠습니까?

"허락한다."

아르펜 왕국의 수도가 결정되었습니다.
이 왕궁에서 국가의 중요한 정책들이 결정될 수 있습니다.
국가에 필요한 직책들을 모집할 수 있습니다.
각 도시별 발전 상태를 확인하고 내정 부분에서 영향력을 발휘할 수 있습니다.
국왕의 고유한 권한인 귀족과 영주의 임명이 이곳에서 가능해집니다.
아르펜 왕국의 귀족들과 영주들은 직책에 걸맞은 명성과 명예를 얻게 됩니다.
왕국에 공을 세우면 가문의 창설이 가능해집니다. 대대로 이름난 충신 가문들은 우수한 혈통의 후계자들을 배출할 것입니다.
국가 명성이 34 증가합니다.
왕국의 외교력이 높아집니다.
주민들의 충성심이 43% 높아집니다.
국가에 대한 향상된 자긍심은 주민들의 최대 충성도를 20% 늘려 줍니다.
아르펜 왕국의 지배 아래에 있는 도시와 성에서 왕궁 완공을 기념하여 공물을 바쳐 올 것입니다.

왕실 기사들이 대전으로 따라 들어왔다.

그들은 한쪽 무릎을 꿇은 채 외쳤다.

"폐하께서 기나긴 바깥나들이를 마치고 돌아오심을 많은 국민들이 기뻐할 것입니다. 외부로부터 침략을 당하여 사람들이 불안해하고 있는 지금, 폐하께서 건재하시다는 것을 봉화로 알리고자 하는데 허락하시겠습니까?"

띠링!

아르펜 왕국의 국왕 등장
왕실 기사들은 당신이 나타난 것을 기뻐하며 이를 봉화로 다른 도시들에 알리자고 요청하였다. 이를 받아들인다면 다른 도시들에서도 국왕이 나타난 것을 알게 될 것이다.
난이도 : F

국왕으로서 결정해야 할 수많은 일들 중에서 아주 간단한 부분.

위드는 고민 없이 쉽게 이를 허락했다.

"내가 온 것을 봉화로 알려라."

"옛, 알겠습니다."

곧 대지의 궁전이 있는 산봉우리에서부터 붉은색과 푸른색, 노란색의 연기가 뒤엉켜서 하늘로 올라가기 시작했다.

그리고 그 봉화를 본 다른 산봉우리들에서도 차례로 연기를 피웠다.

시야에 산이 보이지 않을 정도로 넓은 평야에서는, 전령들이 말을 타고 달려서 그다음 봉화대에 이를 알렸다.

정오 무렵부터 시작된 봉화의 행렬은 저녁이 되었을 때에는 아르펜 왕국의 산간벽지에까지 이르러 왕국 전역에서 연기를 뿜어내게 되었다.

위드가 아르펜 왕국에 도착했다는 소식은 사방으로 퍼졌다.

방송국들이 재빠르게 중계를 하다 보니 로열 로드를 하는 사람치고 이 사실을 모르는 이는 없었다.

하벤 제국군의 본대는 대지의 궁전을 향하여 진격하고 있었다. 그리고 대지의 궁전에 아르펜 왕국의 국왕인 위드가 등장했다.

일촉즉발의 위기!

중앙 대륙 전체의 패자로 공인된 하벤 제국은 어마어마한 병력을 이끌고 북부로 진출했다.

신화에 가까운 모험들을 성공시킨 위드라 할지라도 이번에는 날개가 꺾이지 않겠냐 하는 것이 대다수의 의견이었다.

위드도 왕궁에 도착하자마자 북부의 유저들로부터 계속 면담 요청을 받았다.

왕국 각 지방의 영주들에서부터, 풀죽신교를 이끌고 있는 이름이 많이 알려진 유저들.

하지만 가장 다급하게 연락을 해 온 것은 건축가 파보였다.

파보와는 북부가 여러 벌의 두꺼운 옷을 겹쳐 입지 않으면 얼어 죽을 정도로 춥던 시절에 함께 원정대에 속한 적이 있다. 그 이후로 파보가 북부에서 위대한 건축물 등을 만들며 활동하여 친구 등록이 되어 있었다.

-하벤 제국군을 막기 위해서는 지금 당장 만나야 하네.

"알겠습니다. 오시죠."

파보를 비롯한 건축가들은 마법사의 텔레포트를 통해 단숨에 도착했다.

옷을 갈아입을 틈도 없었는지, 그들은 먼지투성이의 작업복 그대로였다.

"무사히 돌아왔군."

파보는 위드의 손을 덥석 잡았다.

다른 건축가들은 실제로 유명 인사인 위드를 만나게 되어 놀라고 감격해서 눈을 크게 뜨고 있었다.

"북부를 위해 정말 고생이 많으셨습니다."

건축가들이 북부를 위해서 하고 있는 행동들은 헌신적이라는 말도 모자랄 정도였다.

요새들을 보수하고, 성벽을 더 높이 쌓았다. 하벤 제국군의 진격을 막아 내는 데에 큰 역할을 하지는 못했어도 시간은 상당히 끌어 주었다.

그들이 없었더라면 이미 대지의 궁전까지 점령당했을지도 모른다.

"시간이 없으니 간단하게 설명하겠네. 자네는 하벤 제국과 싸워서 그들을 물리칠 수 있겠는가?"

파보는 눈빛에 간절함을 담아서 물어 왔다.

함께 온 30명 정도의 건축가들도 그것이 가장 궁금한 기색이었다.

사실 이것은 북부 유저들은 물론이고 헤르메스 길드원들조차도 알고 싶어 하는 부분이다.

정상적인 전력만 놓고 본다면 당연히 하벤 제국군이 이긴다. 그런데 위드는 매번 불리한 싸움들을 역전시켜 왔다.

절대 안될 것 같은 퀘스트들을 거짓말처럼 극복해 왔기에, 그냥 쓰러질 것이라는 생각은 들지 않는다.

이번에는 전력 차이에서 비교가 불가능할 정도이며 같은 유저를 상대로 하기 때문에 그렇게 단순한 비교는 옳지 않을 수도 있다. 하지만 그렇더라도 과연 위드가 상황을 반전시킬 만한 어떤 꿍꿍이를 가졌는지, 혹은 희망을 갖고 있는지가 궁금했다.

위드는 힘 있게 대답했다.

"놈들을 물리칠 수 있습니다."

"정말인가?"

"뭐, 아마도요."

"……."

아니면 말고 하는 식의 가벼운 태도!

건축가들은 실망감이 들었지만, 금방 좋은 쪽으로 해석했다.

'그래, 확신할 수는 없는 거지. 이렇게 불리한데 어떻게 물리친다고 자신 있게 말할 수가 있겠나. 그건 오만이고 욕

심이지.'

'아예 포기한 게 아니라면 됐어. 그걸로도 다행이야.'

파보는 고개를 끄덕이고 나서 망설이던 말을 했다.

"하벤 제국군이 이대로 계속 진군을 해 온다면 이틀이면 도착할 거네. 북부의 유저들이 지금보다 더 열심히 발목을 잡아 준다면 사흘. 놈들이 부대 정비라도 한다면 반나절 정도는 시간이 더 걸릴 수도 있겠지."

"저도 그렇게 예상하고 있습니다."

위드가 돌아온 만큼 전쟁에 나서는 북부 유저들의 질도 대폭 달라질 것이다.

지금까지 실질적으로 하벤 제국을 물리칠 때를 기다리면서 싸우지 않던 중견 유저들, 고레벨 유저들이 슬슬 움직일 때가 된 것이다.

위드가 직접 이끈다면 북부 유저들 중에서 나서지 않으려고 하는 사람이 오히려 더 드물리라.

양측의 전력을 가늠하여 승산을 따져 본다면 여전히 북부가 불리하겠지만, 위드와 함께 싸운다는 건 더없는 영광이고 또 불리함을 극복해 내는 위드만의 마법을 기다리는 마음도 컸다.

"우리 건축가들은 그들을 최소 사흘 동안 막을 수 있는 비책을 가지고 있다네."

"정말입니까?"

"아울러 상당한 피해도 줄 수 있지."

"그런데 쓰지 않고 저를 만나러 오신 이유라면……."

위드의 눈치가 고속 회전했다.

"북부에도 피해가 있다는 뜻이겠군요."

"맞네. 돌망치 길드에서 건설한 알카사르의 다리에 대해서 어느 정도나 알고 있는가?"

"페실 강의 양측을 이어 주는 다리죠. 강물이 상당히 깊어서 원래 배를 타고 건너야 했지만 다리가 건설되고 나서 여행자들과 상인들이 매우 편해졌다고 봤습니다."

알카사르의 다리는 건축가들의 자부심과도 같은 것이었다.

시공의 어려움도 상당했지만 주변의 풍경과도 잘 어울리도록, 다리를 짓기에는 까다로운 재료인 석조를 이용하여 완공시켰다.

어두운 밤에 알카사르의 다리에 서서 강물에 비친 유셀린 마을과 하늘의 별을 보면 그보다 더 멋질 수가 없었다.

여행자들을 위한 필수 관람 코스로도 이름이 높은 곳이었다.

"하벤 제국에서는 반드시 알카사르를 건너서 이곳까지 오려고 할 것이네."

대군이 이동을 하는데 뗏목이나 소형 배를 건설하여 일부씩 강을 지나오려면 상당한 시간이 걸릴 것이다. 파보는 사흘 정도 막을 수 있다고 말했지만, 조선술에도 약간의 조예가 있는 위드는 최소한 닷새 이상이라고 생각했다.

공성 무기의 재료나 전투 물자는 상당히 무겁다.

사실 그것도, 어떠한 방해도 받지 않고 도강에 성공하였을 때의 이야기가 아닌가.

위드는 이미 건축가들이 무슨 말을 하려는지 짐작했지만 적당히 맞장구를 쳐 줬다.

"일부러 돌아올 필요는 없으니 그렇겠죠."

"그 다리를 놈들이 건널 때에 맞춰서 무너뜨리는 것일세."

"오오오오오오오!"

위드는 먹던 사탕을 땅에 떨어뜨린 아이처럼 놀란 얼굴을 했다.

그렇지만 그런 과한 연기는 어색함을 불러일으키는 법!

중년인 파보의 눈썹이 꿈틀거렸다.

"자네… 내가 무슨 말을 하려는지 알고 있었군."

"워낙 눈칫밥을 오래 먹고 살다 보니까요. 위대한 건축물을 부순다는 부분이 부담스러우신 거로군요."

"맞네. 우리가 열과 성을 다해서 지은 건물인데 우리 손으로 부순다니 이 얼마나 아까운 일인가. 사람들이 편의를 누리게 하고, 그곳에서 다들 얼마나 행복해했는데."

"크으윽, 나는 물속에 들어가서까지 돌기둥을 쌓아 올렸는데."

"난 물고기들에게 잡아먹혀서 죽을 뻔도 했잖아."

통한의 눈물을 흘리는 건축가들!

위드의 열사의 사막에 붙어 있는 듯한 감수성으로는 그다지 이해가 가지 않는 장면이었다.

자신이 만든 조각품들이 부서지는 느낌이 저러할까.

'물론 본전이 생각나서 아깝겠지. 시간과 돈이 들어갔으니 속도 쓰리겠지. 하지만 다음에 더 세상 물정 모르는 고객을 상대로 바가지를 씌우면 되잖아.'

이럴 때야말로 위드의 정신력은 강인한 면모를 발휘했다.

"아르펜 왕국의 국왕인 제가 대신 결단을 내려 드리죠. 부수십시오!"

"정말 그래도 되겠는가?"

"물론입니다."

그렇게 쉽게, 알카사르의 다리는 부수기로 결정이 났다.

"다만 조심하십시오. 헤르메스 길드에도 눈치가 빠른 자들이 있을 테니까 말이죠."

"허허, 건축가의 솜씨를 알아보진 못할 것이네. 우리가 스스로에게 침을 뱉는 것 같지만, 건축가들은 전쟁이 아니라 사냥에도 잘 끼워 주지 않거든. 최소한 우리에 버금가는 실력자가 있지 않다면 모르겠지."

"확실히 뛰어난 방법이로군요. 어서 실행하시죠."

"바로 가서 준비를 하겠네."

이때까지만 하더라도 위드의 기분은 상쾌하기 짝이 없었다.

그렇지만 건축가들이 나가면서 하는 이야기들은 속 쓰림을 동반하게 했다.

"과연 통이 커. 보통 사람이 아니야."

"그러게. 알카사르의 다리에 들어간 돈이 얼마인데."

"아르펜 왕국의 예산이 막대하게 들어갔지, 아마."

"내가 정확히 아는데, 200만 골드도 넘어."

부르르.

슬픈 영화를 보면서도 철통같이 무덤덤한 위드의 눈가에 경련이 마구 일어났다.

뚱땅뚱땅!

위대한 건축물 알카사르의 다리에서 건축가들이 시커먼 망토를 몸에 두르고 작업을 했다.

"적당히 부숴. 무너지는 순간에 놈들이 가능한 다리에 많이 올라와 있어야 하니까."

"물론이지!"

"겉은 그대로 놔두고 내부만 잘 파 놓자고. 중요한 버팀목들만 건드리고, 지지대들은 하나가 잘려 나가면 연쇄적으로 해체될 수 있게…….”

“그건 내가 계산을 했으니 누구보다 잘 알지. 걱정하지 않아도 되네.”

유저들로 북적거리던 알카사르의 다리였지만, 하벤 제국군이 몰려오니 관광객들은 전혀 찾아볼 수가 없었다.

사실 이 다리에는 전쟁과 무관하게 살아가는 유저들이 많았다. 심지어는 회사에 휴가를 내 놓고 인생에 대해 생각해 보겠다고 다리에서 먹고 자는 이들도 있었다.

하지만 그들은 위드가 대지의 궁전에 나타났다는 소식을 듣고 모두 그곳으로 몰려갔다.

그 덕에 건축가들은 은밀하게 작업을 할 수 있었다.

“놈들에게 확실한 본보기를 보여 주자고.”

“그래도 이렇게 훌륭한 건축물을 부숴야 하다니, 눈물이 앞을 가리는구만.”

야밤에 활동을 하고 있는 것은 북부의 건축가들만이 아니었다.

대륙 최고의 건축가 미블로스.

하벤 제국의 황궁을 건설하고 나서, 또한 그들이 마음에 들지 않아서 몰래 수작을 부려 놓고 나온 그가 북부에 있었다.

하벤 제국의 황궁은 웅대함을 자랑하고 있었지만 속내는 부실 공사의 전형!

사람이 많이 모이는 어떤 행사가 벌어지거나 충격이 가해지면 고스란히 무너지게 될 건축물에 불과하다.

그게 아니라도 큰비라도 내리면 지반에 스며들면서 기초 공사를 약화시켜서 그대로 폭삭이었다.

워낙에 방대한 면적에 자리한 거대한 건물이니 차례차례 쓰러지는 웅장한 모습을 만들어 내리라.

그는 북부에 대해서는 소문만 들었지 실제로 와 본 건 처음이었다.

"놀랍군. 기가 막혀. 어떻게 도시의 모습이 이렇게 난잡하면서도 활기찰 수가 있는 것이지?"

모라타는 중앙 대륙과는 확연히 다른 맛이 있었다.

도시의 입구는 영업하는 상인들로 인해서 이동이 불편할 정도로 번잡하다.

"좋은 물건 비싸게 팔아요."

"모라타의 고급화를 선도하는 상인 바가지가 인사드립니다. 이제 막 레벨 200이 되신 유저들을 위한 화려한 제품들 위주로 판매합니다. 와서 구경하세요. 구경비로 2실버씩만 받습니다!"

중앙 대륙에서는 상인들이 게으르게 앉아 있는 모습이 흔하다. 상점만 차려 놓고 직원을 써도 유저들이 알아서 잘 사 가기 때문이다.

그러나 북부에서는 적극적인 호객 행위가 일반적이었다.

그런데 그건 물건이 안 팔려서가 아니었다. 잠깐만 지나면

다 팔려 버려서, 마차를 끌고 새로 영업용품을 보충하러 가야 한다.

그러고 나서 다시 돌아와도, 상인들이 워낙에 많이 모여 있다 보니 주변에 알리지 않으면 유저들이 일일이 보기가 어렵기 때문이었다.

과일, 생선, 철광석, 음식, 사냥 도구, 그릇, 무기, 방어구, 마법용품, 퀘스트에 필요한 물건.

성문은 있었지만 사람들이 워낙 많이 드나드는 통에 제대로 쓰지를 않고 빙룡 광장이나 와이번 광장으로 바로 연결된 평지로 다녔다.

모라타는 작은 마을에서부터 발전을 하였기에 그 흔적들도 그대로 남았다.

위대한 건축물들은 도시의 랜드마크처럼 세워져 있고, 빛의 탑과 프레야 여신상, 예술 회관도 도시의 명소로 자리를 잡았다.

예술과 문화, 상업이 발달하고 사람들의 웃음이 공존하는 도시!

하벤 제국의 침공에도 불구하고 모라타에는 여전히 사람이 많았다.

"방금 시작한 초보입니닷. 어디로 가서 일해야 돈 벌 수 있어요?"

"시장에서 사과 닦는 아르바이트가 쏠쏠해요."

"허수아비 같이 때리실 분. 끈기와 노력은 기본! 앞으로 함께 성장하실 수 있는 분만 오세요."

막 시작한 초보자들도 계속 나타났다.

잠깐 사이에 광장마다 수백 명이 나타나서 로열 로드를 처음 하는 유저들이 하는 거의 비슷한 반응들을 내보였다.

"우왁! 몸이 움직여!"

"어머머머, 도시가 정말 예쁘다."

"으으으, 냄새까지 난다. 이 향기는 어디에서 풍기는 것이지? 배낭에 가지고 있는 건… 어디 보자, 보리 빵 10개뿐이군. 아껴서 먹어야지."

막 시작한 초보자들은 친구나 가족처럼 아는 사람을 만나 함께 가거나, 혼자서 도시를 돌아다니기 위해서 서둘러 뛰어갔다.

이렇게 한 무리의 초보자들이 떠나고 나면 또 다른 유저들이 금방 다시 나타났다.

모라타를 절망적으로 바라보고 있다면 초보자들도 찾아오지 않을 것이다. 그런데 오히려 게시판마다 모라타가 하벤 제국에 파괴되고 나면 당분간 북부에서 시작하지 못할 수도 있으니 더 서두르라고 할 정도의 분위기였다.

"굉장해. 이게 사람이 살아가는 도시야."

건축가 미블로스는 도시를 둘러보는 것만으로도 사람들의 분위기를 파악했다.

도시의 역사는 길지 않아도 모라타에 있는 유저들은 이곳이 어떻게 생겨났으며 어떻게 발전했는지 알고 있다. 그 자부심과 긍지 때문에라도 사람들은 포기할 줄을 모른다.

하벤 제국과 맞서 싸울 수 있는 마음도, 모라타의 발전 과정에서 쌓아 올려진 것이었다.

"나도 본격적으로 한 팔 거들어 봐야겠군!"

중앙 대륙의 자린고비 영주들에게는 질릴 만큼 질렸다. 북부에 위대한 건축물을 실컷 지어 보고 싶었다.

그러자면 일단 하벤 제국을 막아 내야 할 것이 아닌가.

"도시는 나중에 둘러보도록 하고……. 이럴 시간이 없어."

미블로스는 모라타에서 이동용으로 쓰이는 힘 좋은 황소를 타고 하벤 제국의 진격로로 떠났다.

건축가 중에서도 최고의 실력을 가진 그는 특별한 스킬을 갖고 있었다.

산사태!

지반 붕괴술!

편리성과 디자인, 예술을 함께 추구하는 건축가에게 왜 필요한지 도무지 의문이었던 스킬이지만, 하벤 제국군을 상대로 한번 마구 써 보기로 했다.

TO BE CONTINUED

ROK MEDIA
로크미디어
맹물사탕 현대 판타지 장편소설
다시 사는 재벌가 망나니
1994년으로 돌아간 재벌가의 사냥개
슈퍼 국민학생 되다!
억울하게 재벌가 망나니와 함께 죽었는데
눈떠 보니 30년 전 초딩, 아니 국딩?
심지어 내가 아닌 그 망나니 놈의 몸!
정신없는 재벌가의 밥상머리 경제학과 함께
시나브로 회복하는 망나니 시절의 평판
과거 지식으로 연예계, IT 안 가리는 사업 성공까지
"그나저나…… 30년 뒤 이 몸을 죽이라고 사주한 건 누구지?"
재벌가 도련님으로 시작하는 두 번째 인생
엄친아를 뛰어넘는 국딩 CEO 라이프!

ROK MEDIA
로크미디어
폐황제가 되었다
송제연 판타지 장편소설
팔자 편한 빙의물은 가라!
고생길 예약된 독자 출신 폐황제가 보여 주는
본격 스포 주의 생존기!
인기 없는 판타지 소설 '포킹덤'의 유일한 독자 민용
갑작스러운 완결 소식에 놀랄 새도 없이
다음 날, '포킹덤'의 폐황제 익스가 되어 눈을 뜨는데……
'그런데 이 녀석…… 사흘 뒤에 죽지 않나?'
외진 땅, 부족한 인재, 부실한 재정
뭐 하나 멀쩡한 게 없는데 목숨까지 왔다 갔다 한다?
믿을 구석은 대륙 곳곳에 숨어 있는 인재들뿐!
앞일을 내다보는 황제에게 불가능은 없다
모든 건 내 머릿속에 있을지니!